KELLY HUNTER

L'honneur d'un Australien

Traduction française de
MARGUERITE GUILLEMET

AZUR

HARLEQUIN

Collection : Azur

Titre original :
RETURN OF THE OUTBACK BILLIONAIRE

HARPERCOLLINS FRANCE
83-85, boulevard Vincent-Auriol, 75646 PARIS CEDEX 13
Service Lectrices — Tél. : 01 45 82 47 47 - www.harlequin.fr
ISBN 978-2-2804-8391-9 — ISSN 0993-4448

Composé et édité par HarperCollins France.
Imprimé en janvier 2023 par CPI Black Print (Barcelone)
en utilisant 100% d'électricité renouvelable.
Dépôt légal : février 2023.

FSC
www.fsc.org
MIXTE
Papier issu de sources responsables
FSC® C159065

Pour limiter l'empreinte environnementale de ses livres, HarperCollins France s'engage à n'utiliser que du papier fabriqué à partir de bois provenant de forêts gérées durablement et de manière responsable.

Prologue

Dans la salle de bal, le parquet de gommier rouge brillait comme un sou neuf, fraîchement poli à la cire d'abeille. La lumière des appliques anciennes dansait en halo sur le sol. Les papillons de nuit arriveraient bientôt, attirés par la brillance de la grande demeure, mais on avait tout de même ouvert les hautes portes qui donnaient sur la galerie bercée par la brise. Le reste de la maison avait été épousseté, décoré, ressuscité, et elle ressemblait aujourd'hui à l'extravagante bâtisse victorienne qu'elle avait un jour été. Les premiers Blake, encore amoureux de l'Angleterre qu'ils avaient laissée derrière eux, étaient fous d'avoir construit ce manoir miniature, ceint de fer forgé blanc et de terrasses ouvertes, au milieu des terres de Jeddah Creek, dans ce désert rouge, poussiéreux et aride. Judah Blake se demandait souvent si ses ancêtres avaient un jour compris que les natifs de l'Outback australien rêvaient de choses bien différentes.

Il était revenu depuis juste une semaine. Manger ce dont il avait envie ou sortir quand bon lui semblait continuait de l'étonner, mais il aimait à penser qu'il dissimulait bien son trouble. Il était né à Jeddah Creek ; il connaissait sa terre, ses dangers, ses merveilles. Il retrouverait bientôt l'aisance de son enfance.

C'était son petit frère de dix-huit ans, Reid, qui avait suggéré d'organiser une fête pour célébrer son retour.

Judah avait transformé son modeste projet en grand bal. Il avait besoin de jauger l'impact que son séjour en prison avait eu sur la réputation de sa famille ; et quelle meilleure façon de procéder qu'en invitant les clans des environs à un bal de charité ?

Il n'avait ni ménagé ses efforts ni regardé à la dépense. Personne ne pourrait lui reprocher d'être un mauvais hôte. La sélection de liqueurs aurait fait pâlir d'envie les plus fins connaisseurs. Les plats seraient exquis. Il avait fait venir le traiteur, son équipe et l'orchestre de Sydney. Les employés de ménage, les producteurs, les fournisseurs et un duo de coordinateurs avaient passé la semaine à préparer le domaine pour recevoir ses invités. Les aides de ranch avaient aménagé une zone d'atterrissage non loin de là. Tous les invités n'étaient pas riches : certains viendraient en jet, mais d'autres utiliseraient leurs petits coucous d'habitude destinés à rassembler le bétail sur de grands espaces. Les plus courageux viendraient en Cessna. Jeddah Creek courait à travers la frontière entre le Queensland et le Territoire du Nord ; atteindre le domaine par la route était un cauchemar.

Et pourtant, parmi les centaines d'invitations qu'il avait fait envoyer au dernier moment, seulement une poignée avait été refusée. Bien sûr, son nom de famille comptait pour beaucoup. Son père avait fait partie de l'aristocratie anglaise – un petit baron qui avait eu l'audace d'épouser la fille d'un vicomte, et avait émigré en Australie pour fuir la désapprobation de leurs familles. Mais ses parents étaient morts, l'un après l'autre, au cours des six derniers mois. C'était lui qui était désormais à la tête du clan des Blake.

Certains viendraient pour *lui*, parce qu'il était jeune, séduisant et encore célibataire. Et surtout parce qu'il était riche. Les Blake étaient une vieille fortune, mais son père avait fait de son mieux pour la disperser aux quatre vents. Non, c'était lui, Judah, qui avait amassé ses propres gains : trente milliards de dollars d'investissements ingénieux. Il avait tenté de garder cette rentrée d'argent aussi secrète que possible, mais la rumeur courait vite chez les grands de ce monde. Les riches savaient toujours où était la richesse.

Voilà pourquoi la majorité de ses invités viendraient ce soir. Avec trente milliards dans son portefeuille, le mouton noir des Blake avait retrouvé tout son attrait. C'était aussi simple que cela. Ceux qui l'avaient ignoré pendant sept ans allaient accourir tout sourire, balayer ses péchés d'un revers de la main et le traiter comme l'un des leurs.

Beaucoup l'avaient déjà contacté pour lui proposer des projets d'investissement. Pour la bonne cause, bien sûr. Une façon de faire le bien autour de lui et de réhabiliter sa réputation, n'est-ce pas ?

Judah secoua la tête avec un sourire cynique.

Ils ne connaissaient pas l'homme qu'il était devenu. Les portes du monde s'ouvraient pour lui, mais il ne voulait qu'une chose : revenir en arrière. Il voulait retrouver ses parents, retrouver l'innocence de sa jeunesse, oublier ce qu'il avait vécu en cage. Mais il était trop tard. Ses parents ne reviendraient pas. Sa naïveté non plus.

Les parts de Jeddah Creek que son père avait dû vendre, en revanche… il pouvait les reprendre. Elles lui revenaient de droit. *Ses* terres, et non celles de Bridie Starr.

— Ne prends pas de décisions hâtives, avait conseillé son psychologue avant sa sortie de prison.

Comme si Judah n'avait pas passé les sept dernières années à contrôler chacune de ses pensées, chacune de ses actions.

— Ne réagis pas à l'instinct, d'accord ?

Ah, mais le docteur n'avait jamais fait face à un détenu furieux. L'instinct lui avait trop souvent sauvé la vie.

— Donne-toi le temps de t'habituer à ta nouvelle vie.

Il aurait tout le temps du monde… lorsqu'il serait parvenu à ses fins.

— Ce sera difficile, au début. Tu ne liras pas les gens correctement. Donne-leur le bénéfice du doute.

Le bénéfice du doute ? Plutôt mourir.

Bridie Starr avait pris possession de ses terres. La solution était simple comme bonjour ; rien d'impulsif, rien d'irréfléchi. Il allait les reprendre de force et ensuite, enfin, il pourrait avancer.

1.

— Qu'est-ce que tu vas mettre ?

— Je n'en sais encore rien.

Bridie contemplait d'un air absent la tarte au citron meringuée que Gert venait de faire apparaître. Elle se demandait où la vieille femme avait bien pu apprendre à cuisiner. Pas par ici, c'était certain. Bridie était née dans l'Outback, sur le domaine de Devil's Kiss, et une chose était sûre : la région n'était pas experte en tartes délicates.

Toutes les deux semaines, Gert venait passer trois jours au domaine et égayait la maison à coups de cire d'abeille, de fous rires, de petits plats et de conversations animées. Elle partait ensuite faire de même sur les terres voisines, à Jeddah Creek, avec les Blake. Deux jours chez les Conrad, un peu plus au nord, puis Gert retournait chez elle une semaine avant de reprendre la route. C'était Gert qui faisait le lien entre les familles de la région, par ici.

— Je n'ai pas vraiment envie d'y aller…, ajouta-t-elle.

— Oh ! je m'en doute.

Bridie grimaça. Sa tendance à la réclusion était de notoriété publique.

— Mais c'est nécessaire, insista Gert. Tout le monde attend de voir comment tu vas réagir au retour de Judah. Ce serait cruel de ta part de ne pas y aller. Les gens croiraient que tu as peur de lui.

— Je n'ai pas peur de lui, mais pourquoi s'est-il mis en tête d'organiser un bal de luxe ? Ici ? Dans les terres ?

Les lèvres minces de Gert s'incurvèrent.

— Ah, tu es trop jeune pour t'en souvenir, mais c'est presque une tradition. Les grands bals des Blake faisaient fureur, à mon époque. Ils en organisaient à chaque saison. Toutes les grandes familles se déplaçaient. On s'amusait comme des fous, soupira-t-elle, nostalgique. Ta mère adorait y aller. Elle dansait toute la nuit avec ton père.

La mère de Bridie était morte peu de temps après sa naissance. Seule Gert osait parler d'elle librement. Son père ne prononçait jamais le nom de sa défunte femme.

D'accord, sa mère adorait danser. Bridie pouvait bien apprendre à aimer les bals, elle aussi. Elle avait déjà répondu qu'elle et son père seraient de la partie. Elle ne pouvait pas manquer à l'appel, pas après tout ce que Judah avait fait pour elle. Et il faudrait qu'elle soit présentable. Ce ne serait pas trop compliqué : sa garde-robe était pleine de tenues de designers rarement portées, toutes taillées sur mesure.

Non pas que Bridie soit obscènement riche. Elle avait simplement fait du mannequinat, et on l'avait parfois laissée garder les vêtements après un défilé. À l'époque, elle était une étoile montante de la mode, adorée pour son visage d'ange et son corps encore juvénile. Et elle n'avait encore aucune idée du fait que des prédateurs rôdaient dans les recoins sombres du monde doré de la haute couture.

Elle avait vite déchanté.

— Comment les invités s'habillaient-ils ? Robe de soirée et costume ?

— Tout à fait.

— Médailles d'honneur pour les hommes, gants de satin pour les femmes ?

— Pas de médailles, dit Gert en riant. Des chevalières de famille, et parfois des gants, oui. Tu connais les propriétaires terriens. Certains savent se montrer subtils, mais la richesse se sent tout de même.

Bridie poussa un soupir. Elle avait du mal à réconcilier Judah, juste Judah, son voisin depuis l'enfance, et Lord Judah Blake, le sang bleu britannique.

Elle secoua la tête et passa une main distraite dans ses lourdes ondulations blondes. Il faudrait qu'elle aille chez le coiffeur avant le bal.

— Très bien. Allons choisir la robe, alors.

— Il a appelé ce matin. Il voulait te parler.

— Judah ?

Elle avait évité ses appels toute la semaine.

— Rappelle-le, Bridie.

Appeler Judah exigeait plus de courage qu'elle n'en avait. Elle préférait attendre : au bal, ils ne seraient jamais seuls ; ils ne pourraient pas parler de sujets trop personnels. Commencer doucement… C'était tellement plus facile.

— Tu ne vas pas le rappeler, pas vrai ? soupira Gert.

— Non. Mais je vais aller au bal, et je serai bien habillée, et je lui parlerai là-bas. Je serai chaleureuse. Je le couvrirai de gratitude. Ne t'inquiète pas, Gert. J'ai un plan.

— Parfait, conclut Gert dans un sourire. Allez, prends de la tarte.

De son excellent point d'observation, Judah regardait ses invités s'extirper de la salle de bal bondée pour venir à lui et lui présenter ses hommages. Beaucoup s'extasiaient sur la magnificence des paysages qu'ils avaient traversés pour arriver jusqu'ici. La plupart mentionnaient la beauté de la bâtisse victorienne, étincelante dans le désert de l'Outback :

— Jeddah Creek est un endroit si spectaculaire !

D'autres jouaient la carte de la familiarité :

— Judah, tu as bonne mine !

Et enfin, pour les plus courageux :

— Tes parents nous manquent beaucoup. Nous voulions te présenter nos condoléances.

Son frère était à l'intérieur. Il avait dix ans de moins que lui et, après toutes ces années, était presque un inconnu. Cependant, il devait lui rendre justice : Reid avait géré le domaine pendant les quatre mois qui avaient séparé la mort de son père et sa propre sortie de prison, et il avait fait du très bon travail. Ce soir, le garçon – non, le jeune homme – avait invité ses amis de l'école, tous fraîchement diplômés, la plupart libres de prendre une année sabbatique avant de suivre le chemin que leur famille avait tracé pour eux. Il espérait qu'ils tenaient tous l'alcool…

Reid apparut soudain à ses côtés. Ses yeux bleus brillaient de curiosité.

— Elle n'est toujours pas là, mais elle a promis qu'elle viendrait, dit-il.

— Qui donc ?

— Bridie.

Bridie… Il tentait de la joindre depuis des jours. Elle n'avait même pas pris la peine de le rappeler, et encore moins de lui rendre visite.

— Peut-être qu'elle a trouvé mieux à faire.

— J'en doute. Bridie vit comme une recluse. Elle n'a pas quitté Devil's Kiss pendant des années après l'incident et, même maintenant, la faire sortir demande pas mal de préparation.

Judah garda le silence. Une colère lente et froide grimpait en lui. Pourquoi Bridie ne profitait-elle pas de sa liberté ? Il avait sacrifié la sienne pour elle. Elle aurait dû jouir de la vie, pendant qu'il croupissait en prison.

— Je sais qu'elle était inquiète, continua Reid. Elle sait bien que tout le monde va parler derrière votre dos, à toi et à elle. Elle n'avait aucune envie de jouer les bêtes de foire.

Alors quoi, il était censé la plaindre ?

— Elle est photographe, maintenant, ajouta son frère.

Judah le savait déjà.

— De paysages de la région, surtout. Je l'ai emmenée faire un tour avec l'hélicoptère il y a un ou deux mois. On a retiré la porte et improvisé un harnais pour qu'elle puisse se suspendre et prendre des photos aériennes. Je ne les ai pas encore vues, mais elle m'a dit qu'elles étaient super.

La rancœur lui nouait l'estomac, sourde et venimeuse. Alors quoi, Reid était l'ami de Bridie Starr ? Son confident peut-être ? Et malgré tout elle ne prenait même pas la peine de lui passer un coup de téléphone, à *lui* ?

Bridie était à mi-chemin entre lui et son frère : elle avait vingt-trois ans. La reconnaîtrait-il ? Malgré toutes les photos qu'il avait reçues ces sept dernières années, elle n'avait jamais envoyé de portrait.

— Fais attention à ce que tes amis ne boivent pas trop ce soir, dit-il enfin. Je ne veux pas de drame.

Reid lui décocha un sourire espiègle.

— Ta réputation te précède. Ils se tiendront à carreau.

— Est-ce qu'elle t'a déjà posé des problèmes ? Ma réputation ?

— Pas ici, non.

— Mais à l'école, oui ?

Reid haussa les épaules.

— C'est une façon comme une autre de faire le tri entre ceux qui méritaient mon respect et les autres. C'est ce que papa me disait.

Il plissa les yeux, le visage levé vers l'est.

— Je crois que les Starr arrivent.

Judah leva les yeux vers la fine spirale de poussière qui se transformait lentement en panache blanc-rouge à l'horizon. Le vieux pick-up des Starr apparut bientôt.

Au fond de son âme, l'émotion tambourinait contre les portes blindées qu'il avait si fermement mises en place. Il devait l'admettre, il mourait de curiosité. Et de colère. Et de nervosité.

Mais quelle importance ? La seule chose qui comptait, c'était son domaine. Il voulait retrouver la totalité de Jeddah Creek pour amorcer ses projets et son avenir. Et comment pourrait-elle refuser ? Elle n'avait rien fait des hectares dont elle était maintenant propriétaire. Le terrain était inutilisé, tout prêt à être réclamé.

Après tout, elle lui devait bien cela.

Tom Starr et sa fille n'apparurent que quinze minutes plus tard à l'entrée de la demeure. Si Judah avait trouvé Bridie incroyablement jolie à l'époque, ce n'était rien comparé à sa beauté d'aujourd'hui. Elle avait de grands yeux fascinants, très écartés, de la couleur riche du cognac. Sa bouche était pleine et délicieusement dessinée. Ses cheveux déclinaient toutes les nuances de châtain, du miel doré par le soleil au bronze poli. Il se souvenait de leur attrait : déjà, lorsqu'elle était enfant, elle avait cette crinière aux couleurs de bois sauvages. Elle avait toujours le corps d'une danseuse, tout d'ossature fine et d'élégance, et un port de tête gracile. Sa robe à bretelles, bleu nuit, n'avait pas de décolleté et descendait jusqu'à ses genoux. Pour unique accessoire, elle tenait à la main une petite pochette noire, qu'elle serrait à s'en blanchir les phalanges.

Elle ne pouvait même pas le regarder en face.

— Merci d'être venus, dit-il.

Ses bonnes manières avaient grand besoin d'un peu d'entraînement… Mais Bridie, au moins, leva enfin les yeux. Immédiatement, il se sentit sombrer. Sombrer… Dans des souvenirs qu'il ne voulait pas revivre, qu'il ne voulait pas laisser resurgir.

— Nous…

Elle s'interrompit et s'éclaircit la gorge.

— Nous n'aurions manqué l'occasion pour rien au monde. Merci de nous avoir invités.

Bien sûr… Quels bobards.

Il aurait voulu se masser les tempes et apaiser sa migraine.

Il aurait voulu… tendre la main pour vérifier que les cheveux de Bridie étaient aussi soyeux qu'ils en avaient l'air.

Il aurait voulu posséder cette femme qui n'avait jamais été sienne et qu'il ne connaissait plus, pas au-delà des rêveries qu'il avait trop souvent nourries en secret. Il aurait voulu que son père soit encore près de lui. Il aurait voulu savoir pourquoi Bridie lui avait envoyé ces photos, mois après mois. Pourquoi elle avait acheté une partie des terres qui lui revenaient de droit. Pensait-elle vraiment qu'il n'exigerait pas de les reprendre ?

Que lui arrivait-il ? Il inspira profondément. Il avait perdu son sang-froid à l'instant où elle avait croisé son regard. Avait-il donc tant perdu l'habitude du contact humain ?

— Reid, tu veux bien montrer à Bridie où elle peut poser ses affaires, et lui servir à manger et à boire ?

Il proposait du baby-sitting, ni plus ni moins. Mais Reid hocha tout de suite la tête, et Bridie sembla reconnaissante. Il les regarda s'éloigner, pensif. À seize ans, Bridie faisait la couverture de *Vogue* et marchait pour les grands créateurs à Paris. Et ensuite…

Il détourna le regard pour se focaliser sur Tomas Starr.

— Bienvenue à la maison, lança le père de Bridie en souriant. Je suis navré que tes parents ne soient plus là pour t'accueillir.

— Moi aussi.

Il avait perdu tant d'années avec eux… Il secoua la tête et soutint le regard de Tomas, les dents serrées.

— Mais peut-être pouvez-vous m'éclairer sur certains points. Qu'est-il donc arrivé au sens des affaires de mon père, et pourquoi était-il presque ruiné lorsqu'il est mort ?

— Tu veux parler de cela ici ? Nous devrions plutôt convenir d'un rendez-vous plus privé…

— J'ai essayé de « convenir d'un rendez-vous » avec votre fille toute la semaine, Tomas. Personne ne me répond et je commence à perdre patience.

Tomas semblait perplexe.

— Pourquoi appeler Bridie ? Elle ne sait rien des affaires de ton père.

Judah fronça les sourcils. Pourtant, c'était bien le nom de Bridie qu'il avait trouvé sur les actes de propriété.

— Que s'est-il passé, Tomas ? Avant de mourir, il s'est séparé de tout ce qui lui était précieux. Le bétail. Les bijoux de famille. Les terres.

Tomas pâlissait à vue d'œil.

— Le deuil, dit-il avec un soupir. La perte de ta mère s'est ajoutée à l'amertume qu'il cultivait déjà après la façon dont tu as été traité par la justice. Il s'est laissé consumer. Quand tu as été condamné, il a commencé à boire plus souvent. Moi aussi ; la plupart du temps, nous buvions ensemble. J'avais besoin de noyer ma honte. Ton père me disait souvent que ses avocats finiraient par trouver un moyen de faire appel, et je priais pour qu'il ait raison… Mais petit à petit nous avons perdu espoir.

Faire appel. Quelle blague. Ni cela ni la liberté conditionnelle n'avaient été une option. Peut-être qu'il n'avait pas une tête à charmer un juge.

— Il y a deux ans environ, j'ai fait l'erreur de lui avouer que c'était moi qui avais pressé la détente…

Judah se raidit.

— Nous avions passé un accord, siffla-t-il. C'était censé rester entre nous. Vous m'aviez donné votre parole, Tomas.

Pour protéger Bridie. Pour que le dernier parent qui lui restait puisse continuer à ses côtés et l'aider à se reconstruire. Ils devaient tous deux garder le secret, et une promesse était une promesse. Un homme ne revenait jamais sur sa parole, chez les Blake.

— J'ai cru bien faire. J'espérais qu'en lui révélant que tu t'étais montré doublement héroïque…

Héroïque, bien sûr. Stupide, plutôt.

— Laissez-moi deviner. Cela n'a pas fonctionné.

— Non. Il est devenu plus amer encore.

— À qui d'autre avez-vous dit la vérité, Tomas ? Est-ce que Bridie le sait ?

— Personne. Personne d'autre ne sait ce qui s'est réellement passé ce soir-là. J'ai été tenté de l'avouer, parfois, mais… Non, je n'ai rien dit.

La colère, maintenant, bouillonnait dans ses veines. Pourquoi son père aurait-il supporté le fardeau de la vérité, et pas Bridie ? Elle n'était plus une enfant brisée.

— Je voulais protéger Bridie, continua Tomas Starr. Elle le vivrait très mal, si elle le savait.

Protéger Bridie. Il n'avait fait que cela, protéger Bridie. Et il avait écopé d'un aller simple pour la prison. Avec l'arrogance de la jeunesse, il avait cru qu'il s'en sortirait avec une tape sur les doigts ; un an en cellule, tout au plus. Il avait les meilleurs avocats du pays et la moralité était de son côté. Jamais, jamais il n'aurait imaginé qu'il passerait des années en prison, et que ses parents seraient morts avant son retour.

Il avait voulu protéger une innocente. Il ne le regrettait pas. Mais la souffrance n'en était pas moins aiguë.

— Mon père n'avait presque plus d'argent quand il est mort. Il avait vendu une partie du domaine. Il ne s'est pas ruiné en beuveries. Vous étiez son ami. Vous devez savoir ce qui s'est passé.

— Il a commencé à jouer. Il a essayé de me convertir, mais l'adhésion au club était trop chère et je ne suis pas bon au poker. Malheureusement, ton père non plus. Je l'ai tiré d'affaire une ou deux fois. J'ai pris une hypothèque sur Devil's Kiss, mais c'est tout ce qu'il me restait. Je sais qu'il a trouvé de l'argent ailleurs, mais je ne connais pas la source.

— Combien lui avez-vous donné ?

— Ah, ne t'inquiète pas de ça, mon garçon. Donné, c'est donné. Je n'ai pas l'intention de te demander un remboursement.

— Et vous ne savez pas pourquoi le nom de votre fille apparaît sur l'acte de propriété de Jeddah Creek ?

La surprise de Tomas était si évidente qu'elle ne pouvait être feinte.

— Non ! Je n'en ai aucune idée.

Intéressant.

— Je ne sais pas ce qui s'est passé, reprit Tom. J'imagine qu'elle a racheté les terres à ton père pour couvrir ses dettes à l'insu de ta mère. Le pouvoir, l'argent et la célébrité n'intéressent pas Bridie, tu sais. Mais c'est vrai qu'elle a, ou elle avait, des fonds de côté, entre sa carrière et l'héritage de sa mère. Elle n'a pas d'amis, mais elle a bon cœur, et elle te doit beaucoup. Nous te devons beaucoup tous les deux. S'il te plaît, penses-y lorsque tu lui poseras la question. Je suis certain qu'elle a voulu t'aider. Laisse-la t'expliquer sa version des faits.

— Je l'aurais déjà fait, si elle avait répondu à mes appels.

— Bridie a besoin de temps avant d'affronter une situation. La peur peut parfois la paralyser. Les gens pensent que je la couve trop, et c'est peut-être vrai, mais cette nuit-là l'a profondément changée, Judah. Elle et nous tous. La route a été longue pour retrouver un semblant de normalité. Elle fait de son mieux ce soir, pour toi, mais, je t'en prie, fais attention à ne pas la…

— Quoi ? La brusquer ? De quoi avez-vous peur, que je me retourne contre elle ? Que je sois violent ? Alors que j'ai passé sept ans en prison pour vous aider à la protéger ?

— J'allais t'encourager à ne pas la juger, soupira Tom. Je sais que tu es en colère, car nous aider t'a coûté trop cher. Je le comprends. Je ne pourrai jamais te rendre cette dette, j'en suis conscient. Mais, je t'en prie, ne juge pas ma fille comme tu peux me juger, moi.

Judah serra les dents. Tom ne détourna pas le regard.

— Tu verras. Elle est d'une honnêteté sans faille.

Impossible de le cacher : les mains de Bridie ne cessaient de trembler. Elle ne pouvait même pas prendre un verre. Elle les avait dissimulées derrière son dos en désespoir de cause.

Le couple tout près d'elle discutait de la campagne qu'il avait survolée pour arriver jusqu'à Jeddah Creek. Bridie rassembla son courage et les aborda pour se changer les idées. Elle partagea d'abord quelques informations sur la région. Eux-mêmes venaient de Sydney. Ils étaient les parents d'un ami de Reid. Reid ! Voilà un point commun. Ils discutèrent du travail que Reid avait accompli sur le domaine, de ses leçons de vol et de son permis hélicoptère ; quelqu'un mentionna les troupeaux des Blake, et ils parlèrent un moment des nouvelles technologies permettant de rassembler le bétail avec des drones. Elle et Reid avaient commencé à les utiliser sur leurs terres.

Et voilà qu'en dix minutes elle avait socialisé plus intensément qu'en six mois. Elle se sentait un peu plus détendue. Ses mains cessèrent de trembler. Sa posture s'assouplit un petit peu.

Puis l'orchestre se mit à jouer. Du coin de l'œil, elle vit Judah entraîner sur la piste de danse une femme assez âgée pour être sa grand-mère, et assez riche pour porter une bague à chaque doigt et une rivière de perles au cou. Ses compagnons s'excusèrent pour aller danser à leur tour. De nouveau seule, Bridie laissa son regard voguer sur la salle scintillante. Reid allait-il faire un discours pour célébrer officiellement le retour du frère prodigue ? Serait-elle invitée à prendre la parole ? À prouver publiquement son allégeance à l'homme qui lui avait sauvé la vie ?

Il n'y avait pas d'eau sur les plateaux qu'un serveur lui présenta. Elle opta machinalement pour une coupe de champagne. Malgré sa robe Givenchy et ses chaussures Jimmy Choo, exhumées des profondeurs de sa garde-robe, elle savait qu'elle devait se fondre dans le paysage.

Elle avait laissé ses cheveux détachés, et juste fait couper quelques mèches pour encadrer son visage et cacher ses yeux lorsqu'elle baissait la tête.

Mais son visage était bel et bien levé lorsque Judah retourna sa cavalière à la lisière de la piste et accrocha son regard. Il s'avança vers elle avec assurance. Elle déglutit. Elle ne pouvait pas lui échapper, pas ici. Il ne dit rien ; il se contenta de prendre son verre pour le poser sur une table, puis de lui tendre la main.

— Danse avec moi.

Ce n'était pas une question.

Elle glissa sa main glacée dans la sienne, si tiède. Elle pouvait y arriver ! Il lui suffisait de faire semblant d'être à l'aise. Comme à Paris, sur les podiums, lorsque tous les yeux étaient fixés sur elle et jugeaient ses vêtements sous toutes les coutures. À l'époque, elle avait aimé porter ces sublimes étoffes et défiler sous les projecteurs, aussi fluide et assurée qu'une danseuse. Faire semblant qu'elle était célèbre, qu'elle était spéciale, une Audrey Hebpurn moderne.

Oui, suivre Judah jusqu'à la piste de danse était parfaitement faisable. Mais il restait un problème de taille.

— Je ne sais pas valser ! chuchota-t-elle lorsqu'il la fit pivoter vers lui pour poser une main sur sa taille.

— La plupart des autres danseurs se contentent de se balancer d'un pied sur l'autre, répliqua Judah. Pas besoin de valser.

Il l'attira à lui. Son parfum était enivrant, musqué et allégé par une touche fraîche d'eucalyptus.

— Pose ton autre main sur mon bras, dit-il.

Elle lui obéit. Sous sa veste luxueuse, son bras était tiède et solide Elle le pressa légèrement de ses doigts, et il arqua un sourcil amusé. Elle avait été habituée aux hommes nerveux et burinés, affinés par le travail en extérieur ; mais Judah était bâti très différemment. Large, musclé, il exsudait la puissance physique.

— Qu'est-ce qu'ils t'ont donné à manger, en prison ? plaisanta-t-elle.

— De la bouillie, surtout, rétorqua-t-il sans sourire.

Elle retint une grimace. Bravo, Bridie ! Bon départ.

— Désolée, c'était stupide de ma part… La nourriture est délicieuse, ce soir.

— Tu n'as rien mangé.

Comment le savait-il ? L'avait-il observée depuis son arrivée ?

— Certes, mais le buffet a fière allure.

— Toi aussi.

Elle haussa les sourcils. Il était si laconique, elle ne savait sur quel pied danser. Il avait vraiment du chemin à faire en matière de civilités.

— Merci. Je voulais faire honneur à ton invitation autant que possible.

Il inclina le visage et baissa la voix.

— J'ai beaucoup aimé tes photos.

Elle retint son souffle. Elle sentait son regard sur son visage, mais n'osa pas croiser le sien. Elle lui avait envoyé une photo par mois, chaque mois, depuis qu'il était parti. Envoyer des photos sans réponse était plus facile que d'en parler directement avec l'intéressé, soudain.

— Les premières n'étaient pas géniales…

Sous sa main, il haussa les épaules.

— Pour moi, si.

— J'ai failli arrêter. Tu ne m'as jamais répondu.

— Qu'aurais-je bien pu dire ?

Encore une question à laquelle elle n'avait pas de réponse. Le morceau continuait, et leurs corps dansaient en rythme, et peut-être n'était-il pas nécessaire de parler. Elle était venue jusqu'ici ; elle avait accepté de danser avec lui ; et elle avait l'impression de serrer dans ses bras une créature indomptable, faite d'orage et de foudre.

Judah était son ange gardien. Il avait payé le prix fort

pour sa protection. Il avait sacrifié sa liberté pour qu'elle survive à la sienne. Si une tempête se préparait, elle lui devait de l'affronter, aussi perdue soit-elle.

— Tu n'as pas répondu à mes appels.

Elle grimaça légèrement.

— Trop occupée, ou trop apeurée ?

Elle lui jeta un coup d'œil. Il avait des yeux magnifiques ; un vert profond, ceint de bleu-gris, sombre et ténébreux. Même à l'époque, elle avait toujours été fascinée par la flamme de ces prunelles si distinctives, si expressives. Judah était une force de la nature, à l'image de la beauté sauvage de Jeddah Creek.

Ce soir-là, il avait tué son agresseur. Il l'avait sortie du coffre exigu de la voiture où elle était enfermée, pieds et poings liés. Il l'avait ramenée à son père, puis s'était chargé de Lawrence Levit. La justice l'avait condamné mais, elle, *elle* lui était reconnaissante. Elle lui devait la vérité.

— Au début, j'avais peur de tout et de tout le monde. Ma propre ombre me faisait sursauter. Je pouvais à peine sortir de ma chambre. Voir des gens me faisait horreur. Puis, un jour, mon père s'est mis en colère derrière la porte. Je me souviens encore de ce qu'il a crié ; il disait : « Judah est en prison à regarder les quatre murs de sa cellule, mais tu es encore libre, Bridie. Tu penses qu'il serait heureux de savoir qu'il a gâché sa liberté pour quelqu'un qui refuse de recommencer à vivre ? »

— Il avait raison.

Elle soutint son regard.

— Une semaine plus tard j'ai réussi à descendre à la cuisine pour petit déjeuner. Quelques semaines après, je suis enfin sortie sous le porche. J'ai pris une photo et je te l'ai envoyée.

Et elle avait continué, religieusement.

— Pendant sept ans, six mois et deux jours, j'ai pensé à la façon dont tu avais sacrifié ta vie pour la mienne. C'est ça qui m'a fait avancer. Tu penses que j'ai peur de toi ? Non. Tu es ma boussole, Judah. C'est grâce à toi que j'affronte ma peur, quand j'y parviens. Mes sentiments pour toi sont compliqués… Mais la crainte n'en fait pas partie.

Un silence profond s'étira entre eux. Finalement, il marmonna :

— Je comprends.

Elle n'avait rien d'autre à ajouter. Sous son regard circonspect, elle gigota, un peu mal à l'aise.

— Qu'est-ce que tu vas faire, maintenant que tu as perdu ta boussole ? reprit-il.

— Je ne l'ai pas perdue. Au contraire, je l'ai retrouvée.

Il resta silencieux, le regard plongé dans le sien. Finalement, il murmura :

— Tu as raison. Ce qu'il y a entre nous est compliqué.

Elle embrassa la salle scintillante du regard. Tous ces inconnus, les riches et puissants d'Australie… Elle se demandait qui, ici, marchait avec la peur comme constante compagne. Qui avait enfreint la loi et payé le prix. Quels combats ces anonymes avaient menés pour garder leur liberté.

— Je suis contente que tu sois de retour. Je n'ai pas répondu à tes appels parce que je voulais te remercier en personne de m'avoir sauvée.

Elle sentait sa tension sous ses doigts ; quelque chose de brûlant, une anticipation bouillonnante. Le regard de Judah lui échappa brutalement, mais pas avant qu'elle n'y aperçoive une flamme d'intérêt, pur et sexuel.

Oh… Elle avait déjà vu ce genre de choses, mais pas chez lui, jamais chez lui.

Et elle n'avait certainement jamais accueilli ce genre d'attention avec un trébuchement de cœur. Les mains moites, elle retint son souffle.

Mais soudain Judah relâcha son étreinte et fit un pas en arrière.

— Mon père t'a vendu des terres avant de mourir, vrai ou faux ?

Elle avait attendu cette question avec appréhension.

— Vrai. Je me suis chargée de certaines de ses factures…

— Tu veux dire, de ses dettes de jeu.

— Je n'ai pas demandé, mais oui, probablement.

— Je veux récupérer mes terres. Dis-moi ton prix. Je peux te les racheter plus cher que tu ne les as payées.

— Non, tu ne comprends pas…

— Je peux doubler ton prix. Je veux récupérer mes terres, martela Judah, le visage fermé.

— Judah, s'il te plaît. Elles ne sont pas à vendre. Écoute…

Mais il ne l'écoutait pas.

— Mesdames et messieurs, puis-je avoir votre attention ?

La voix de Judah retentit, haute et profonde sous les plafonds de la salle de bal. La musique s'interrompit aussitôt. Tous les regards se tournèrent vers eux. Son bras, autour de sa taille, l'emprisonnait comme un étau d'acier ; mais pourquoi ? Qu'avait-il donc derrière la tête ?

— Tout d'abord, j'aimerais vous souhaiter à tous la bienvenue à Jeddah Creek. Je suis très touché que vous ayez pris le temps de venir jusqu'ici. J'espère que vous y trouverez la plus grande hospitalité, et que les liens forgés ce soir vous seront bénéfiques.

Un serveur apparut à leurs côtés avec un plateau, et Judah lui passa une flûte de champagne.

— J'aimerais profiter de ce soir pour vous présenter une femme exceptionnelle, une femme dont vous connaissez sans doute déjà le nom si vous connaissez aussi le mien. Une femme dont la compassion et la résilience sont déjà légendaires.

Oh ! mon Dieu ! Il ne parlait quand même pas d'elle ?

— Elle m'a inspiré pour me projeter vers l'avenir et le monde, à l'époque où mon regard ne pouvait se poser que sur les murs de ma cellule. Elle est d'un courage incroyable, et c'est à elle que je dois le projet visionnaire d'unir deux grandes familles agricoles afin de développer de nouveaux projets de conservation et de protéger la gestion de ces terres que nous aimons tous les deux si profondément. Mesdames et messieurs, je vous invite à lever votre verre pour Bridie Starr.

Il lui sourit, carnassier.

— Ma future femme !

Pardon ?

Comment cela, sa femme ? Quelle femme ? Avait-il perdu la tête ? C'était donc cela, son défaut ? De la folie furieuse pour nuancer son physique de demi-dieu ?

— Souris, murmura-t-il alors que les invités applaudissaient à tout rompre. Sinon, les gens vont croire que nous ne sommes pas sérieux.

Il fit cliqueter sa flûte contre la sienne, légèrement en dessous du bord, un signe traditionnel de respect, puis releva fièrement le visage, un sourire éclatant aux lèvres.

— À nous !

— Il n'y a pas de nous, siffla-t-elle sous couvert de boire une gorgée de champagne. Qu'est-ce qui te prend ?

— Je récupère mes terres, Bridie.

— En m'épousant ?

Elle ne pouvait se retenir : elle se mit à rire. Elle avala son champagne d'un trait. Un serveur prit sa coupe vide, et Judah l'entraîna de nouveau sur la piste de danse. Elle avait l'esprit en ébullition ; son corps suivait seulement par réflexe, engourdi par le choc.

— Tu as refusé de vendre. Comment pensais-tu que j'allais réagir ?

— Je ne sais pas, en attendant deux secondes de plus pour écouter ce que j'avais à dire ? Mais non, tu préfères opter immédiatement pour le chantage et la coercition ? Tu es complètement fou !

Elle se pencha plus près, consciente des regards posés

sur eux, de tous les danseurs dans leur périmètre. À un souffle de son oreille, elle siffla :

— J'ai acheté tes terres pour que personne d'autre ne puisse mettre le grappin dessus. Je les ai protégées pour te les rendre, parce que je te suis redevable. Je m'apprêtais à te les *donner,* espèce d'imbécile.

2.

Si la prison avait inculqué quoi que ce soit à Judah, c'était de ne jamais reculer, même lorsque la bataille était perdue. C'était comme cela qu'il avait survécu sept ans et s'en était sorti relativement indemne. Maintenant, il s'agissait d'appliquer ses principes au monde extérieur... Et de survivre à cette danse.

— Ah. Hmm. Eh bien, nous ne sommes pas obligés de rester fiancés très longtemps, tenta-t-il.

Pour réponse, elle écrasa son talon aiguille sur son orteil.

— Aïe !

— Tu as raison, siffla-t-elle, les yeux aussi brillants que du cognac. Cinq minutes me suffisent.

Mais il ne pouvait pas revenir sur son discours immédiatement. Il avait une réputation à protéger, un statut fondé sur son argent, sur son charisme et sur son passé. Il voulait forcer le respect, pas encourager les moqueries.

— Un mois, Bridie. Tu ne le regretteras pas. Je t'offrirai des diamants. Un carat par jour.

— Oh ! et maintenant il me propose de m'acheter...

Tout le monde avait un prix, non ?

— Je te verserai le triple de ce que tu as payé à mon père.

— Je ne sais pas comment te le dire plus clairement. Je ne suis pas motivée par l'argent.

Alors qu'est-ce qui pourrait bien l'intéresser ?

— Pense à la privauté et la sécurité que pourrait t'acheter

cet argent. J'ai entendu dire que le domaine des Conrad allait bientôt être mis en vente.

Les Conrad étaient leurs voisins, juste au nord de Devil's Kiss. Bridie plissa les yeux.

— Qui t'a dit ça ?

— Les Conrad eux-mêmes. Bridie, j'ai annoncé nos fiançailles sans réfléchir, car je n'aurais jamais songé que tu puisses être assez stu…

— De mieux en mieux. Enfonce-toi, susurra-t-elle. Tu vas bientôt toucher le fond.

— Je n'aurais jamais songé que tu puisses être assez *généreuse* pour m'offrir mes terres sans contrepartie.

Comment était-ce possible ? Où était donc la sournoiserie, l'appât du gain ?

— Nous aurions pu éviter ce fiasco si tu m'avais rappelé cette semaine, ajouta-t-il.

Aïe, aïe, aïe ! Les chaussures de luxe en cuir doux ne protégeaient vraiment pas grand-chose. Il recula discrètement et soutint son beau regard mordoré. En prison, il s'était cru insensible ; mais dix minutes en compagnie de Bridie avaient suffi à réveiller des émotions qu'il croyait oubliées. Il était submergé… par la colère, par le désir, par l'embarras, la frustration… et un *besoin* viscéral. Mais il ne pouvait pas exhiber une telle faiblesse, pas lorsque tant de gens autour de lui pouvaient la comprendre et l'utiliser contre lui.

Pendant des années, il avait rêvé de son retour à Jeddah Creek. Il voulait reconstruire sa vie. Marcher dans le sillage de ses ancêtres. Il voulait voir ses parents et son frère enfin fiers de lui. Il voulait restaurer la réputation de sa famille. Il voulait devenir une figure du philanthropisme australien, connu comme une force de la nature.

À la place, il était revenu dans une maison presque vide, et il ne lui avait fallu que dix jours pour se ridiculiser.

Ne prends pas de décisions hâtives. Donne aux autres le bénéfice du doute.

Trop tard.

Il n'avait pas écouté les avertissements de Tom Starr. Il s'était focalisé sur la réticence de Bridie, et il l'avait interprétée de la pire façon qui soit, comme s'il était encore en prison, forcé de se battre pour gagner. Comment avait-il pu être aussi stupide ? Comment pouvait-il la laisser le troubler à ce point ?

Il faisait trop chaud dans la pièce lumineuse et bondée. Trop chaud, et pourtant un frisson glacé le parcourut, une angoisse qu'il n'avait jamais ressentie, même au tribunal avant que sa sentence ne tombe, même lorsqu'il avait tenté d'endiguer l'hémorragie d'un homme déjà mort, les mains baignées de sang.

Il s'était figé au bord de la piste, le cœur battant la chamade. Bridie tira doucement sur sa main.

— Viens. Je pense que nous avons assez dansé.

Et voilà que Bridie l'entraînait vers la sortie la plus proche. Il n'avait plus aucun contrôle sur la situation ; un étau s'était refermé sur ses poumons. Il espérait simplement que Bridie savait où elle allait.

— Blake.

Devlin Conrad se dressait sur leur chemin avec sa femme, Judith, et tous deux souriaient chaleureusement.

— Nous voulions être les premiers à vous féliciter pour vos fiançailles, lança Judith. Quelle merveilleuse union !

Elle jeta un coup d'œil à son époux.

— Si vous ajoutiez nos terres aux vôtres, imaginez tout ce que vous pourriez entreprendre dans le cadre de votre projet de conservation.

Devlin Conrad renchérit :

— Nous devrions en discuter, un de ces jours.

Judah ne pouvait que hocher la tête, muet, le souffle court. Bridie leva le menton.

— Vous envisagez de vendre ?

— Oui, mais pas à n'importe qui. À vous deux. Nous voulons participer à votre vision, à votre avenir.

— Et ce serait avec plaisir, s'entendit-il répondre.

Il ne savait comment il avait réussi à articuler plusieurs syllabes d'affilée, mais l'effort lui avait volé tout l'oxygène qui lui restait. Bridie hocha la tête.

— Absolument. Nous vous contacterons très vite. Je suis navrée, nous devons nous éclipser un instant ; nous avons oublié la bague !

Elle le guida à travers la galerie, puis sur la gauche, dans le corridor. Il n'avait jamais remarqué que toutes les portes étaient espacées régulièrement, comme dans un couloir de prison. Bridie le tira dans la première pièce, ferma le battant derrière eux, et le poussa contre le mur d'une main étonnamment ferme. Ils étaient dans la vieille buanderie. Les murs étaient de pierre, et la seule source de lumière filtrait à travers les lattes d'une petite fenêtre à soufflet, très haut sur le mur. Dans le noir et l'étroitesse de la pièce, la panique de Judah monta encore d'un cran, irrationnelle et inexplicable.

— Respire, ordonna-t-elle.

Et il *voulait* respirer. Il respirerait bientôt. Dès qu'il serait sorti de cette cellule.

— Tu es en train d'avoir une crise de panique.

Il secoua la tête et sortit de la buanderie sans demander son reste. Cette fois, c'était lui qui avait glissé sa main dans la sienne et l'entraînait à sa suite. Il avait besoin d'espace. Il avait besoin d'espace, et de calme, et de solitude. Plus de témoins pour suivre chacun de ses mouvements, pour traquer ses faiblesses, pour chercher une ouverture dans ses défenses.

Le grand salon était au bout du couloir. C'était une pièce hideuse, avec des lambris et un parquet en eucalyptus, des murs tapissés de bleu profond, des têtes de faucons empaillées, des portraits ancestraux, et les fauteuils les plus inconfortables du monde – des monstruosités jacobines, brodées au point de croix. Et pourtant… le salon valait mieux que la petite buanderie. Au moins, il était immense.

Cette fois, Bridie eut la présence d'esprit d'allumer la lumière – un petit plafonnier en forme de globe terrestre.

— Tu veux que je laisse la porte ouverte ou que je la ferme ?

— Ouverte.

Il ne fermait plus les portes. Pas depuis son retour.

— Tu ne respires toujours pas, lui rappela-t-elle.

Il avait les genoux flageolants.

Respire, imbécile.

Ce n'est pourtant pas compliqué.

Respire.

Bridie fit le tour de la pièce et alluma chaque lampe, chaque applique, chaque veilleuse jusqu'à ce que le salon soit illuminé comme un sapin de Noël. Il la suivit du regard. Sur les murs, les rapaces étaient plus laids que jamais. En prison, il n'y avait pas d'oiseau empaillé. Étrangement, cette pensée le réconforta. Une goulée d'air le prit par surprise. Bridie ne lui prêtait toujours pas attention.

— Qui est-ce qui collectionne les faucons ?

— Mon arrière-grand-père. C'est son portrait, au-dessus de la cheminée.

C'était lui qui avait fait construire Jeddah Creek, mais il n'était jamais parvenu à voir l'Australie comme son foyer. Un homme trop délicat pour l'Outback.

Bridie contemplait le portrait.

— Edward… En voilà, un nom de noble.

— Ce n'était pas une crise de panique, affirma Judah.

Elle avait l'air d'un ange dans le halo doré de la lampe. Elle était passée à un paysage de John Constable.

— J'en avais souvent, à une époque, dit-elle doucement. Des crises de panique, je veux dire. Mais ça n'a pas d'importance. J'avais besoin de m'éclipser, moi aussi. Je ne me sentais pas très bien.

— Je me sens très bien.

— Bien sûr…

Elle lui jeta une œillade en coin sous ses longs cils, et il perdit immédiatement le peu de souffle qu'il avait retrouvé.

— Bridie…

Il secoua la tête. Il n'était plus en prison. Bridie n'était pas son ennemie, même s'il ne s'était sans doute pas attiré ses faveurs en agissant comme un parfait idiot, ce soir. Il devait lui demander pardon. Les mots lui vinrent plus facilement qu'il ne s'y attendait.

— Je suis désolé. Je n'ai aucune excuse pour ma réaction, ce soir. J'aurais dû te laisser m'expliquer la situation. Je t'ai mise dans une position difficile, et j'en suis navré.

Il enfonça les mains dans ses poches, les yeux fixés sur un vautour des palombes dont les délicates plumes rayées brillaient doucement sous les reflets du plafonnier. Sous son regard jaune et acéré, il sentit la honte monter d'un cran. L'évidente bonté de Bridie lui insufflait l'envie d'être un homme meilleur qu'il ne l'était devenu.

Elle était toujours là. Discrète et délicate, à l'autre bout de la pièce, dans la presque pénombre. Elle lui laissait de l'espace. De façon innée, elle faisait de son mieux pour répondre à ses besoins.

— Si tu veux, je peux faire un autre discours ce soir, reprit-il. Rompre tout de suite nos fiançailles. Tu n'as même pas besoin de rester. Ils peuvent bien penser ce qu'ils veulent, après tout.

Encore une décision hâtive. Il était incorrigible.

— Et l'offre des Conrad ? Je sais que tu as le budget nécessaire, mais ils avaient l'air de vouloir nous vendre leur domaine justement parce que nous étions ensemble.

Elle n'avait pas tort.

— Et puis, ces fiançailles pourraient me servir. D'abord,

j'aimerais en savoir plus sur ton projet de conservation. Secundo, j'aimerais bien avoir un fiancé pour ma prochaine visite à Sydney. Cela découragerait les admirateurs indésirables.

Il leva les yeux vers elle, surpris.

— Qu'est-ce que tu vas faire à Sydney ?

— J'ai une exposition de mes paysages. Je dois être présente en personne au vernissage, ça fait partie de mon contrat. Tu pourrais peut-être venir et être ma…

Elle se tut, comme si elle ne savait pas comment finir sa phrase.

— Boussole ? proposa-t-il.

— Oui, aussi. Et ma muse, si tu as envie. La publicitaire de la galerie serait enchantée.

— C'est quand ?

Il n'avait pas quitté les terres de Jeddah Creek depuis son retour de prison. Cela valait peut-être mieux, vu la façon dont il s'était comporté ce soir. Était-il prêt pour Sydney ? Il n'en était pas certain… Mais s'il n'y allait pas il n'en aurait jamais le cœur net.

— Jeudi en quatorze. La galerie est vers The Rocks et je logerai à l'Ocean View, près du pont. Je peux réserver une autre chambre pour toi, nous n'avons pas besoin de partager.

Partager une chambre ? Une flopée d'images malvenues s'imposèrent à lui. Il se raidit, les sens en alerte. Il avait besoin de reprendre le contrôle de la situation, immédiatement.

— Parfait. Et en échange nous resterons fiancés un mois.

— Attends. J'ai autre chose à te demander avant de m'engager.

Il écarta les mains et attendit. Elle inspira profondément.

— Reid parle de faire construire des écochalets entre Jeddah Creek et Devil's Kiss. Il veut attirer des touristes en leur faisant découvrir l'Outback fantasmé, poussière rouge et ciel étincelant. Des balades en hélicoptère. Des randonnées en quad. Je déteste cette idée mais, s'il la met en place, alors je veux faire partie du projet. Je veux investir et faire partie du conseil décisionnel pour garder une influence sur le type de touristes que nous ciblerons et sur la sécurité de la résidence. Ce n'est pas que je ne fais pas confiance à Reid, mais il est si jeune…

— Et toi non ?

— Si jeune et *enthousiaste,* finit-elle. Si les Blake veulent vraiment faire venir des inconnus à la frontière de mon domaine alors que ma vie privée et ma sécurité me tiennent tant à cœur, je veux avoir voix au chapitre.

Son petit frère n'avait pas encore eu l'obligeance de lui confier ses projets. Il secoua la tête.

— Je ne peux rien promettre sans en parler à Reid.

— Il t'admire beaucoup. Il te suivrait jusqu'au bout du monde.

Il espérait bien que non ; Reid méritait mieux.

— Très bien. Si Reid accepte ta participation, nous pourrons annoncer le projet quand nous romprons nos fiançailles. Nous dirons que nous sommes mieux assortis en affaires qu'en amour, etc. Et pour ça je veux trois mois de fausses fiançailles.

Une fiancée l'aiderait sûrement à attirer d'autres investisseurs dans son fonds caritatif de conservation. On faisait confiance à un homme prêt à se fixer.

— Marché conclu.

Ils se serrèrent la main, solennels. Pour une personne à l'apparence si fragile, Bridie était une négociatrice hors pair. Elle avait affronté sa tentative d'intimidation sans flancher. Il devait avouer qu'il était impressionné.

— Tu respires mieux ? Ta poitrine est moins comprimée ? Tu n'as plus de frissons ?

Comment pouvait-elle bien sav… Oh. Bien sûr. C'était les symptômes typiques d'une crise de panique. Il fronça les sourcils, mais secoua la tête.

— Parfait, parce que Reid et mon père nous attendent dans le couloir. Je les entends d'ici.

Génial. Il pivota, les épaules raides, et se prépara à affronter la prochaine bataille.

— Intéressant, ton discours, lança Reid lorsqu'ils sortirent du salon. Tu aurais pu prévenir, tu ne crois pas ?

— C'était très spontané, dit Judah.

Tom les fixait, raide comme un piquet. Après avoir un moment scruté sa fille, il se tourna vers Judah, le visage fermé.

— Elle te pardonnerait tout. Tu le sais. N'en profite pas.

Judah croisa les bras. Il aurait pu rugir de fureur. Comment Tom Starr osait-il lui refuser son approbation ? Cette nuit les hantait toujours – cette nuit folle, terrible, sanglante, qui avait fait de Judah, aux yeux du monde, un meurtrier, et de Tom un père reconnaissant. Mais Tom connaissait la vérité. Il n'avait aucune bonne raison de craindre pour sa fille !

Quand serait-il libéré de son fardeau ? Avant ce soir, il avait toujours espéré que des jours meilleurs viendraient après la prison. Mais revoir les Starr lui prouvait une chose : le mensonge qui bouillonnait encore au cœur de cette tragédie ne lui laisserait jamais de répit.

— Tu te trompes, papa, contra Bridie. Écoute, je sais que l'annonce de nos fiançailles est une surprise. C'était une décision impulsive, certes. Mais je n'ai plus seize ans. J'ai appris ma leçon, crois-moi. Je sais reconnaître les mauvaises intentions. Personne ne tire avantage de moi dans cette affaire. Judah a mon consentement, et il ne me blessera pas.

Judah et Tom se toisèrent.

— Préviens-moi quand tu veux partir.

— Dans une demi-heure.

— Dans une demi-heure, acquiesça Tom avant de les quitter, le dos raide, comme s'il ne pouvait supporter de les voir plus longtemps.

Une fois seuls, ils échangèrent un regard. Elle grimaça.

— Comment vas-tu ? dit-elle.

Pas très bien, s'il était honnête avec lui-même. Depuis des jours, il était sur le qui-vive, prêt à affronter de vicieuses représailles ; à la place, il avait retrouvé Bridie, la fragile petite Bridie, et elle avait passé la soirée à tenter de l'apaiser, de le comprendre, et plus ahurissant encore : de le protéger.

Il ne comprenait rien à rien.

— Je vais mieux, marmonna-t-il.

Qu'aurait-il pu dire d'autre ? Qu'il vaudrait mieux le renvoyer en prison, parce qu'il ne savait plus comment le monde fonctionnait ?

Il traversa la pièce et s'arrêta devant un large tableau dépeignant une scène de chasse. D'un mouvement souple, il le décrocha pour révéler un coffre-fort. Il y en avait plusieurs dans la maison, mais celui-ci abritait les plus précieux bijoux de la famille Blake. Dieu merci, son père ne semblait pas avoir tout vendu.

— Tu as besoin d'une bague, dit-il. Viens choisir.

Il lui fit signe de le rejoindre et ouvrit chaque écrin. Sur l'un des coussinets de velours, un bracelet d'émeraudes et de diamants attira son attention. Il en défit le fermoir et se tourna vers elle.

— Donne-moi ton poignet.

Bridie obéit. En lui passant le bracelet, Judah songea aux serre-câbles que l'on mettait aux détenus ; il espérait de tout son cœur que le cadeau ne faisait pas à Bridie l'effet d'une menotte.

— Ma grand-mère avait une bague assortie. Elle doit être quelque part… L'émeraude est au centre, encadrée de deux diamants. Elle avait des mains fines, comme toi.

Après avoir passé en revue une dizaine de bagues de toutes tailles, il trouva enfin celle qu'il cherchait, et la délivra doucement de son écrin immaculé.

La bague avait quelque chose d'éthéré, d'intemporel. Le

vert riche de l'émeraude était rehaussé par des diamants à l'éclat pur, sertis sur un anneau d'or blanc.

— Oh ! elle est magnifique, dit Bridie. Arts déco ! J'adore.

Elle lui offrit sa main. Il glissa la bague à son annulaire. L'anneau lui allait comme s'il avait été sculpté pour elle. Elle la fit scintiller sous les lumières, puis hocha la tête.

— Elle est superbe. Je te la rendrai dès que…

— Garde-la. Quand nous en aurons terminé, garde-la.

Elle cligna des yeux.

— Je ne peux pas accepter, Judah. C'est un bijou de famille.

Pourquoi était-elle si surprise de sa générosité, quand la sienne lui avait inculqué, il y avait une heure à peine, une immense leçon d'humilité ?

— C'était un bijou de famille. Maintenant, elle est à toi.

Ses invités accueillirent leur retour avec un torrent de félicitations. *Une conclusion de conte de fées pour vous deux ! Blake, appelez-moi lorsque vous voudrez lancer votre projet,* disaient-ils. Les visages dansaient autour de lui, mi-joviaux, mi-avides. Il avait l'impression d'être la poule aux œufs d'or. Quant à Bridie, elle reçut un barrage de compliments aussi exagérés que superficiels :

— Regarde-toi, ma chérie ! Si belle et si gracieuse !

— Ce n'est pas vraiment flatteur, murmura-t-elle à son oreille après un énième commentaire sur sa beauté. Je ne contrôle pas mon apparence, ce n'est pas une compétence.

— Quelle chanceuse ! lança quelqu'un d'autre. Tu as attrapé un gros poisson, Bridie.

Judah haussa les sourcils. Les mains de Bridie s'étaient mises à trembler. Peut-être était-ce à son tour de la sauver.

— Allons chercher ton père, proposa-t-il.

Elle ne protesta pas. Non ; à la place, elle déposa un baiser au coin de ses lèvres pour lui dire au revoir. Il aurait suffi d'un infime mouvement pour capturer ses lèvres, pour lever le tabou sur un désir féroce qu'il n'osait pas regarder en face.

— À bientôt, murmura-t-elle.

Il hocha imperceptiblement la tête, enivré par son parfum, incapable de prononcer une parole.

Avant de le quitter, elle lui sourit une dernière fois.

— Quand tu as le temps, choisis tes préférées parmi les photos que je t'ai envoyées. Une fois tes invités partis, je veux t'emmener là où je les ai prises. Ce sera notre petite aventure de bienvenue.

— Tu ferais ça ?

— Bien sûr.

Elle était si proche… Il y avait si longtemps qu'il n'avait pas été avec une femme, et plus encore avec une femme qui lui donnait ainsi le vertige. Il déglutit.

— C'est la moindre des choses, ajouta-t-elle dans un sourire.

Puis elle disparut dans la foule comme un mirage.

Judah retourna à ses invités et se focalisa sur sa mission initiale. Il ne but que très peu, écouta leurs projets d'investissement, observa attentivement les dynamiques en place, prit note des ficelles qui articulaient leurs politiques intestines. Chaque information était précieuse ; cacher son propre jeu l'était tout autant. Il ne fit aucune promesse et ne dévoila pas ses intentions. Il était tout juste de retour dans le monde des vivants, le monde des puissants, et il avait bien l'intention d'y trouver sa place ; mais il ne se laisserait pas contrôler par qui que ce soit.

Aux petites heures du matin, après que ses invités se furent éclipsés dans leur avion de luxe ou les chambres qu'il avait mises à leur disposition, Judah grimpa dans un des pick-up réservés aux travaux de ferme et partit vers le nord, loin de tous, jusqu'à la lisière d'un bois de vieux gommiers rouges. Dans la pénombre, leur écorce pelée de blanc semblait lisse et fantomatique.

Il déplia ses affaires dans la benne arrière, ouverte vers le ciel. Il était bien, ici, sur le matelas fin, avec une couverture en tissu, et un oreiller plus doux qu'il n'aurait jamais pu en rêver en prison. Reid l'enverrait-il chez le psy s'il décidait de faire du pick-up sa chambre officielle ?

Pas de murs. Pas de bruit. Aucune autre présence.

Juste les étoiles.

Juste le bruit de la rivière toute proche, et le bourdonnement des insectes.

C'était d'une beauté, d'une liberté incommensurables.

Bridie avait photographié cet endroit. Photo soixante-deux parmi les quatre-vingt-huit qu'elle lui avait envoyées. Il les avait comptées. Il les avait aussi mémorisées, avant de devoir les rendre au gardien pour qu'elles rejoignent le reste des affaires dont il ne reprendrait possession qu'en sortant de prison.

Elle ne savait pas combien ces photos lui avaient été précieuses. Chaque mois… Elles lui avaient rappelé d'où il venait, qui il était.

Il n'avait pas compris, en prison, combien les photos avaient aussi documenté la réalité de Bridie. Elles suivaient ses pas : de sa porte d'entrée à la galerie ; des vieilles collines Hoist, où du linge frais dansait dans le vent, jusqu'à l'enclos à chevaux de Devil's Kiss ; puis jusqu'au moulin ; puis jusqu'aux abreuvoirs. Les premiers mois, des images familières, puis petit à petit de nouveaux paysages, plus loin sur son domaine.

Il n'était pas le seul à avoir perdu des années de liberté à cause d'un fou. Ce soir, il en avait pris conscience.

En son absence, elle s'était fait une fausse image de lui, et lui d'elle. Ils devaient dépasser ces idées fantasmées s'ils voulaient protéger leur partenariat. Il avait accepté de l'inviter à participer à son projet de conversation… Dieu du ciel. Et il avait accepté de jouer le rôle de son fiancé pendant trois mois. Qu'est-ce qui lui avait pris ? Un homme comme lui n'avait rien à faire aux côtés d'une personne aussi délicate et aussi belle. Une personne qui parvenait à lui faire perdre ses moyens d'un seul regard, et à lui faire oublier où il était en frôlant sa peau.

L'intimité du contact humain lui avait tant manqué ; voilà pourquoi il était si troublé par Bridie. C'était la seule explication. Quant à elle, elle le voyait comme quoi, une sorte de héros ? Quelle blague. Bien sûr, il s'était bercé des mêmes illusions pour supporter la prison. Il avait été enfermé parce qu'il avait protégé une innocente, tenu les promesses faites à son père. Parce qu'il était quelqu'un de bien.

Mais ce soir avait prouvé le contraire, n'est-ce pas ?

Il avait imposé des fiançailles de convenance à Bridie. Pour sauver la face et faire avancer ses intérêts, il avait menti à son frère, à Tom Starr et à tous ses invités. Le domaine des Conrad ne lui avait été proposé qu'à cause de ses mensonges. Et il avait regardé Bridie avec un désir brûlant – il avait rêvé de transformer son léger baiser en torride étreinte.

Ne prends pas de décisions hâtives. Ne réagis pas à l'instinct. Donne-toi le temps de t'habituer à ta nouvelle vie. Donne aux gens le bénéfice du doute.

Il avait transgressé toutes les règles et Bridie en avait payé le prix. Non, il devait repartir de zéro, désapprendre tous les mécanismes qu'il avait intégrés en prison, et retrouver l'homme qu'il était, l'homme qu'il voulait être. Surtout, il devait étrangler le désir qu'il ressentait pour Bridie et ne pas tirer avantage de sa gratitude et de sa compassion.

Reprends-toi, Judah.

Tu vaux mieux que ça.

3.

— Où étais-tu ?

Judah s'arrêta au milieu de la cuisine. Son frère était accoudé au comptoir. Derrière lui, une large table de cuisson dotée de deux fours longeait le mur, jouxtée de part et d'autre par un frigidaire et une armoire réfrigérée.

Judah fronça les sourcils. C'était plus fort que lui : après sept ans où il avait été constamment surveillé, une question pareille l'exaspérait au plus haut point.

— J'ai cuisiné un petit déjeuner monstrueux pour les gars avant qu'ils partent. Je t'en ai gardé. Qu'est-ce qui te fait envie ? s'enquit Reid. La totale ? Bacon, saucisses, tomates, omelette et tartines ? Ou alors il y a de la bruschetta. C'est pas moi qui l'ai faite, c'est Nico. Il veut devenir chef.

— Nico… ?

— Un ami à moi. Trent Nicholson.

Trent Nicholson voulait devenir chef. Comme un véritable adulte. Il avait encore du mal à ne pas voir son frère et ses amis comme des gamins.

— Va pour la bruschetta.

— Du café ?

— Voilà, maintenant tu parles à mon cœur.

Reid lui sourit largement et mit en marche leur luxueuse machine à expressos ; en le voyant lui verser une tasse d'or liquide, Judah oublia son premier mouvement d'humeur et s'autorisa même à sourire.

— Tes amis sont déjà partis ?

Les traiteurs étaient encore sur le domaine, il en avait croisé plusieurs sur le chemin du retour ; mais ils quitteraient les lieux avant midi. Et ensuite… il retrouverait sa divine solitude.

— Oui, ne t'inquiète pas. Un ou deux étaient bien tentés de rester, mais je n'étais pas sûr que tu en aies envie. Tu as dit hier que tu voulais que tout le monde parte au matin.

— Pas tes amis proches, Reid. C'est aussi ta maison.

Ils avaient encore du chemin à faire en matière de communication, tous les deux. Reid posa sa tasse et son assiette sur le bar. Judah tira un tabouret et commença à manger en silence. Il était encore émerveillé par le goût de la bonne nourriture. Et il avait accès à tout ce dont il avait envie, ici, y compris des ustensiles de cuisine qu'il aurait pu recycler en armes létales. Non pas qu'il ait besoin d'improviser : un rayon entier de couteaux s'alignait au mur sur une bande aimantée.

Reid suivit son regard.

— Je t'ai déjà vu les regarder. À quoi tu penses ?

Comment allait-il dire à son petit frère qu'il les comptait chaque fois qu'il entrait dans la cuisine, pour vérifier qu'il n'en manquait aucun ?

— On peut les ranger dans un tiroir, s'ils te dérangent.

— Non, je devrais ouvrir le tiroir pour voir s'ils sont tous là, et ce serait encore pire.

Reid s'apprêtait à enfourner une énorme bouchée d'omelette, mais la confession de son frère arrêta son geste à mi-chemin.

— Ah. Je vois, murmura-t-il finalement.

Il avala sa bouchée, l'air pensif. Judah l'observait toujours. Il n'y avait plus trace du gamin rieur qu'il avait laissé à Jeddah Creek sept ans auparavant. Reid s'était transformé en jeune homme au corps mince et nerveux, bronzé par le travail en extérieur. Sa coupe de cheveux à la mode domptait un peu sa tignasse brune et épaisse. Ses yeux bleus étaient aussi saisissants que jadis, mais leur lueur espiègle avait laissé place à une retenue méfiante qui lui évoquait les crocodiles d'eau douce.

— Je sais que tu as besoin de temps pour t'adapter, reprit Reid. Une assistante sociale m'a appelé plusieurs fois avant ta sortie. Elle m'a expliqué à quoi m'attendre.

— Qu'est-ce qu'elle t'a dit ?

— Que tu risquais d'être en colère ? Frustré ? Déprimé ?

— Pas encore.

— C'est déjà bien, déclara Reid avec un hochement de tête solennel, et, étrangement, Judah sentit un rire lui chatouiller la gorge. Est-ce qu'il y a des choses à Jeddah Creek que tu reconnais à peine ?

— À part toi ? Non.

— Te sens-tu abattu ? Bouleversé ? Fébrile ?

La soirée d'hier ne comptait pas, n'est-ce pas ?

— Non.

— Des addictions dont tu veux me parler ?

— Pas encore, et je ne risque pas de devenir accro à tes petits déjeuners, si la conversation est toujours aussi déprimante.

— Ha, ha. Je préfère qu'on soit honnêtes l'un avec l'autre, d'accord ? Mais je crois que tu passes le test.

Reid lui sourit.

— Tu veux venir voler avec moi aujourd'hui ? Avec l'hélico, je pourrais te montrer la nouvelle voie d'accès qu'on a fait construire près de Pepper Tree Ridge.

— Hmm… Pourquoi pas, oui.

— Si tu veux, on peut emmener Bridie. Elle aime venir voler avec moi.

Un petit pincement lui tordit l'estomac. Bien sûr que Bridie et Reid étaient amis ; ils étaient voisins et ils avaient des intérêts en commun. Pourquoi leur amitié lui instillait-elle une telle mélancolie ?

— J'aimerais mieux ne pas inviter Bridie. Pas aujourd'hui.

— Déjà de l'eau dans le gaz au pays des jeunes fiancés ?

— Non.

Il était tenté de lui dire la vérité, mais un élan d'orgueil le retint. Il était le frère aîné, pour l'amour du ciel. Il ne voulait pas passer pour un idiot aux yeux de Reid.

— Hé… Tu lui en veux ? s'enquit Reid, les yeux plissés.

— Pourquoi donc ?

— Je ne sais pas… Pour s'être fait kidnapper ? C'est pour la sauver que tu as souillé ton âme et tué un homme.

— Est-ce que je tiens Bridie pour responsable de mon âme souillée ? répéta Judah avec un demi-sourire. Non.

Pendant ses cinq premières années de prison, il avait été convaincu qu'il avait fait le bon choix. C'était son devoir de protéger les plus faibles. Il était peut-être en cage, mais il pouvait se regarder en face dans le miroir.

Sa détermination avait commencé à faiblir après le décès de sa mère. Elle avait vacillé pour de bon quand son père était mort à son tour, deux mois plus tard, si vite que Judah n'avait même pas eu le temps de s'organiser avec la prison pour le voir une dernière fois.

Il avait manqué tant de choses. Il avait abandonné ses parents, il avait laissé son petit frère seul face à l'adversité. Reid, pendant ces quatre derniers mois, avait dû gérer quelque trente mille kilomètres carrés des terres les plus inhospitalières et dangereuses d'Australie. Une propriété que Reid ne pourrait même pas revendiquer pour lui-même, puisque Judah était le premier fils et en hériterait entièrement.

La tragédie avait marqué sa vie, oui. Mais la faute n'en revenait en aucun cas à Bridie.

— Bridie n'est pas responsable. Mon acte, ma responsabilité.

— T'es vraiment un héros, hein.

— Dans tes rêves.

— Quoi ! J'ai raison, et tu le sais.

— Si tu penses comme ça, je vais te décevoir, frérot. Et je ne veux pas te décevoir. Je veux apprendre à te connaître, et que tu apprennes à me connaître.

Reid ne trouva rien à répondre à cela.

— Bridie m'a dit hier que tu voulais faire construire des chalets de tourisme près de la crête. Tu veux partager ?

Les yeux de Reid s'éclairèrent ; il hocha la tête.

— Bien sûr. J'envisageais de développer un peu d'écotourisme à la lisière du domaine. Deux ou trois écochalets au-dessus du coude de la rivière, accessibles par hélicoptère, pour des séjours de cinq jours minimum, pour pêcher, regarder les étoiles, faire des barbecues sur fond de coucher de soleil. Peut-être organiser des séances de yoga à l'aube et des randonnées jusqu'à Carper's Ridge. Jeddah Creek est mon foyer et je l'aime, mais la vie est solitaire dans l'Outback, et cela ne changera pas si on ne fait rien pour faire connaître notre région.

— Si tu t'ennuies, tu pourrais aller dans un endroit plus peuplé.

Reid soutint son regard.

— C'est ce que tu veux ? Que je parte ? L'aîné hérite des terres, je le sais. Et si tu ne veux pas de moi ici je partirai. Mais si tu veux savoir ce que je désire, moi, alors voilà : je veux rester ici, et je veux accueillir des gens intéressants et leur montrer la beauté de l'Outback. Je veux que Jeddah Creek les inspire comme il m'inspire. Je veux mon propre domaine, un jour, tout près d'ici, sur les mêmes terres. Si tu achètes celui des Conrad, c'est là-bas que j'aimerais m'installer. Tu comprends ?

— Bien sûr. C'est une bonne idée.

— *Yes !* s'exclama Reid en levant les bras dans un élan de triomphe. Tu vois ? Tu es mon héros.

Reid contourna l'îlot pour jeter les bras autour de lui, et planta un gros baiser sur sa tempe. Si Judah n'était pas à l'aise avec le contact physique, Reid n'avait pas ce problème, apparemment.

— Hé, marmonna Judah, les pommettes un peu trop chaudes, ne me fais pas brandir les couteaux de cuisine.

— Je t'aime.

Encore un câlin.

— Mon frère, le grand propriétaire terrien !

Encore un baiser.

— D'accord, d'accord, ça suffit.

Reid rit, mais le libéra. Judah ne put retenir un sourire. Finalement, son petit frère était toujours un gamin.

— Il faut vraiment qu'on travaille sur ta sociabilité, Judah, lança Reid en reprenant sa place. Je serai là pour t'aider sur la terre des Conrad mais, dis-moi, qu'est-ce que tu penses de mon projet d'écotourisme ?

— Ça t'intéresse, un frère silencieux et richissime comme partenaire ?

— Plutôt deux fois qu'une.

— Et une voisine inquiète ?

Reid fronça les sourcils et se frotta le front.

— Bridie ne serait pas une partenaire silencieuse, elle.

— Effectivement : elle veut avoir son mot à dire sur le développement du projet. Mais si nous voulons ouvrir une aire touristique nous avons besoin d'un plan de développement. De fixer des limites à ne pas franchir et garantir la satisfaction de nos voisins. Nous ne voudrions pas que Bridie se sente moins en sécurité sur son domaine à cause d'un projet qui, s'il est bien mené, serait fructueux pour toute la région.

— Tu continues de la protéger, soupira Reid.

— Tu préférerais que je ne la protège pas ?

— Peut-être. J'aimerais qu'elle se dépasse un peu plus.

Reid haussa les épaules. Judah le rassura d'un demi-sourire. Il pensait à monter un projet de protection de la région depuis des années, et l'idée de Reid lui plaisait.

— Hé, ne t'inquiète de rien. Si tu montes une affaire qui répond à un besoin, elle s'épanouira forcément. Bridie finira par l'aimer aussi. Quant à moi, je pense que c'est une idée très prometteuse. Je serai heureux de travailler avec toi.

Reid lui rendit son sourire au centuple.

Bridie ne comprenait pas bien ce qu'essayait de lui dire son père, probablement parce qu'il ne *disait* finalement pas grand-chose. Il avait commencé comme ça :

— Je pars, Bridie. J'ai besoin de solitude.

Et ensuite :

— Je ne pense pas revenir avant plusieurs semaines.

— Mais où vas-tu ? répéta-t-elle en le suivant jusqu'à sa camionnette.

Le véhicule datait de Mathusalem. Comment son père comptait-il voyager avec ça ?

— Peut-être chez ta tante, disait Tom en jetant sa valise dans le coffre.

— Dans le Kimberley ?

Même un aller simple lui prendrait des jours entiers de voyage ! Et son père ne l'avait jamais, *jamais,* laissée seule pendant plusieurs jours.

— Elle est malade ? reprit Bridie. *Tu* es malade ?

— Non. J'ai juste besoin d'air pendant quelque temps.

Il la serra dans ses bras, lui embrassa la joue et marmonna dans ses cheveux :

— Prends soin de toi, chérie.

Et comme ça, sans plus d'explications, il prit la route et disparut comme un fantôme dans un nuage de poussière.

Elle resta plantée au milieu de l'allée, devant la grande maison blanche flanquée de hauts gommiers, et le regarda s'éloigner avec une angoisse viscérale qu'elle n'avait pas ressentie depuis longtemps.

Ce n'était pas comme s'il l'avait laissée sans protection.

Elle était adulte, vigoureuse, éduquée dans la lande inhospitalière de l'Outback. Elle ne craignait ni les araignées, ni les serpents, ni les autres reptiles ; elle savait s'occuper des cochons enragés et des taureaux échauffés. Elle connaissait son domaine et ses habitants par cœur. Curtis et sa compagne, Maria, tous les deux à la retraite, vivaient gratuitement dans la maison réservée aux ouvriers d'élevage, en échange de la sécurité de leur compagnie et de quelques services ici et là. Jake et Cobb, les deux éleveurs de Devil's Kiss, vivaient avec leur femme et leurs enfants dans les cottages plus récents, situés au nord, plus près de la ville. Elle pouvait aller les voir si elle avait besoin de quoi que ce soit. Et bien sûr Gert passait tous les quinze jours, et avait sa propre chambre dans la maison.

Tout allait bien. Elle n'était pas seule, pas vraiment.

Elle laissa ses bottes à la porte et entra dans la grande cuisine, qui rutilait comme un sou neuf après le passage de Gert. La demeure de Devil's Kiss était bien plus petite que celle des Blake, mais elle avait la même inspiration victorienne : ceinte de galeries et toiturée de fer ondulé, elle était décorée de fer si élégamment forgé qu'il ressemblait à une délicate dentelle. Les murs étaient épais, en pierre, tapissés à l'intérieur de boiseries sombres. Les hautes portes-fenêtres faisaient entrer la lumière, mais les porches ombragés protégeaient la maison du soleil.

Rien ne pouvait leur épargner la poussière, néanmoins.

Gert leva les yeux lorsque Bridie ferma la moustiquaire.

— Tout va bien ?

— Je ne sais pas. Papa vient de partir pour je ne sais où comme s'il avait le diable aux trousses. Je ne sais même pas quand il compte revenir. Je ne comprends pas. Tu crois qu'il m'en veut à cause de mes fiançailles ?

— Parlons-en, de tes fiançailles ! Judah va passer aujourd'hui ?

Bridie secoua la tête. Elle ne savait pas quand elle

reverrait Judah, et elle était prête à parier qu'il avait autre chose à faire que de s'occuper de sa voisine.

— Tu devrais l'inviter. Je fais des biscuits au gingembre.

— Je ne partage pas tes biscuits avec n'importe qui, Gert !

— Même ton fiancé ?

— S'il me supplie, peut-être. Je vais aller travailler dans la chambre noire. Si quelqu'un appelle…

— Tu veux dire, si ton fiancé appelle ?

— Ou Reid. Ou papa. Mais, si c'est la galerie, dis-leur que je suis partie prendre cette dernière photo, et qu'ils l'auront absolument pour l'exposition.

Gert ricana et reprit son emporte-pièce.

— Je m'en occupe. Allez, va t'enfermer !

Habituellement, développer ses photos aidait Bridie à se recentrer… Mais aujourd'hui l'angoisse était plus forte que tout. Dans la grande pièce sombre, elle se souvint soudain que son père l'avait fait construire aussi spacieuse pour ne pas lui rappeler l'étroitesse du coffre dans lequel elle avait été enfermée pendant des heures.

Ils avaient rénové un vieux salon en remplaçant la porte par un battant bloque-lumière, et les plafonniers à l'intérieur par des néons rouges. Ils avaient couvert les fenêtres, accroché des cordes à linge, et installé un banc et des vasques. Bridie aimait regarder les images apparaître lentement sur le papier, d'abord fantomatiques, puis de plus en plus claires, comme ses pensées.

À cet instant, cependant, elle nageait dans l'incertitude.

Pourquoi son père avait-il quitté Devil's Kiss sans demander son reste ? Le retour de Judah avait-il ravivé trop de douloureux souvenirs ? Il n'était pas du genre à s'épancher, et elle n'avait aucune idée de ce qu'il pensait du retour de leur voisin. Après l'incident, son père avait évité le sujet comme la peste.

Les faits ne mentaient pas. Ce soir-là, son père et Judah avaient chacun pris en chasse Lawrence Levit au volant de leur pick-up, et forcé la petite sportive rouge à quitter le chemin de terre pour foncer dans la poussière rouge, hors de la piste. À fond de train, la voiture de Lawrence avait dérapé dans les bosquets avant de s'arrêter brutalement, embourbée jusqu'aux essieux dans la boue écarlate. Bridie était encore dans le coffre, à ce moment-là. Elle avait d'abord entendu le moteur vrombir sans succès, puis les portières claquer à quelques pas de là. Elle s'était mise à crier, à donner des coups de pied dans le coffre, puis Judah était apparu, le visage pâle sur le ciel sombre. Une lune écarlate était suspendue, basse et lourde, derrière son beau visage. Un éclat de lumière argenté avait scintillé sur la lame de son couteau lorsque Judah avait coupé le scotch qui la tenait encore prisonnière. Elle s'était agrippée à sa nuque, haletante. Ses bras autour d'elle étaient forts comme de l'acier brûlant. Il sentait la sueur et la peur.

Après le coup de feu, son père n'avait pas fait un geste pour aider Lawrence, mais Judah avait tenté de le sauver. Ses efforts lui avaient au moins valu d'être condamné pour homicide involontaire. Il avait vingt ans, à l'époque… Plus jeune qu'elle ne l'était aujourd'hui. Vingt ans, et envoyé en prison à cause d'elle. La justice n'avait pas bien fait son travail, ce jour-là.

Elle laissa son regard courir dans la pièce auréolée de pourpre. Elle prenait tant de plaisir à travailler dans cette grande pièce spacieuse, d'habitude ; mais aujourd'hui des souvenirs macabres rôdaient dans l'ombre. Elle aurait mieux fait de sortir sous le soleil de plomb. Elle devait encore partir en quête de la dernière photo de son exposition. Elle savait ce qu'elle voulait exprimer avec ce cliché : la peur, la liberté, le tumulte et l'émerveillement. Elle n'avait pas trouvé le bon sujet, néanmoins. Elle allait devoir continuer d'explorer les environs, protégée par l'obturateur.

— Changement de plan, Gertie, lança-t-elle en traversant la cuisine. Je vais prendre quelques photos. Je serai de retour avant que tu partes !

Deux jours plus tard, alors que le radar météorologique promettait des orages en fin d'après-midi, Judah lui rendit enfin visite. Gert était à Jeddah Creek et son père n'avait toujours pas appelé. Voir Judah remonter l'allée la remplit d'un bonheur si intense qu'elle l'accueillit avec une étreinte.

— Bien le bonjour, mon cher fiancé ! Comment tu vas ?

À en juger par son demi-sourire, il n'était pas contre un peu de familiarité.

— Pas mal, dit-il en s'accoudant sous le porche.

Elle aimait la profondeur de sa voix et la force de sa posture, ses bottes fermement plantées dans la poussière, ses cuisses musclées soulignées par son jean. Sa chemise en coton avait vu des jours meilleurs et ses manches retroussées révélaient la puissance de ses avant-bras hâlés. Il portait un chapeau Akubra en feutre noir. Il avait l'air si essentiellement australien… Où que la vie l'ait mené, il avait grandi ici, il connaissait leurs terres comme sa poche, et il évoquait en elle une intimité innée. Ils avaient tous les deux en commun l'âme de l'Outback.

— Qu'est-ce qui t'amène ?

— Gert m'a dit que ton père était parti.

— Ouaip.

— Pour combien de temps ?

— Il n'a rien dit.

— J'ai essayé de le joindre…

— Bienvenue au club. Il est en route pour Broome, donc il ne doit même pas avoir de réseau.

— Qu'est-ce qu'il va faire à Broome ?

— Voir ma tante.

La même tante qui avait accompagné Bridie à Paris, des années plus tôt. Elles étaient aussi naïves l'une que l'autre.

Elles avaient constitué des victimes faciles pour un prédateur comme Lawrence. Lawrence était l'agent de Bridie, et Bethany, sa tante, était tombée facilement sous son charme. Il l'avait séduite en quelques semaines. L'ascendant qu'il désirait avoir sur la carrière et la personne de Bridie n'en avait été que plus intense.

— Comment va Beth ?

— Elle se sent coupable de ne pas avoir compris que Lawrence était dangereux. Elle est partie s'installer à Broome tout de suite après le kidnapping. Mon père dit qu'elle a trop honte pour revenir ici.

Judah fronça les sourcils.

— C'est fou.

— Je sais. Elle me manque. Cela fait des années qu'elle refuse mes appels.

Elle secoua la tête. Judah n'était pas là pour écouter ses jérémiades. Elle revint en terrain plus neutre.

— Tu as pu parler à Reid de son projet d'écotourisme ?

— Oui. Tu es des nôtres.

— Vraiment ? Merci !

— J'aimerais inclure la proposition de Reid dans un plan plus large de préservation des terres de la région. Je veux commencer par acheter le territoire des Conrad puis parlementer avec ton père pour voir s'il accepterait d'inclure une partie des terres de Devil's Kiss dans le projet.

Combien de fois allait-il la surprendre et nuancer la vision qu'elle avait de lui, maintenant qu'il était rentré ? Elle ne s'attendait pas à une telle intelligence, une telle diligence.

— J'allais sortir pour prendre des photos de la tempête avant qu'elle n'éclate. Tu veux venir avec moi et m'expliquer tout ça plus en détail ?

Il leva les yeux vers le ciel, qui s'assombrissait déjà.

— Tu veux sortir par ce temps ?

Plutôt deux fois qu'une.

— D'après mes calculs, l'orage éclatera au-dessus de

la plaine à l'est. J'aimerais être sur l'autre rive de la rivière Pike quand les premiers éclairs apparaîtront.

— Je ne peux pas te laisser toute seule. Allons-y.

Cinq minutes plus tard, au volant de son Land Rover, Bridie tentait tant bien que mal d'ignorer le parfum obsédant de Judah, propre, frais, nuancé par un zeste de musc boisé.

— Est-ce que je pourrais te prendre en photo ? dit-elle brusquement, le cœur battant. À distance, bien sûr. Pour ajouter de la perspective et de l'émotion dans le cliché. Toi sur fond de tempête.

Ce serait la meilleure conclusion à une série de photos qui avait, au fond, toujours été à propos de lui : de son incarcération, de sa force, de sa liberté brimée.

— Ce serait une façon pour moi d'immortaliser ton retour. Tu es enfin revenu parmi nous. Nous pouvons commencer à avancer.

Il fixait le paysage par la fenêtre. Il ne répondit pas, et elle n'insista plus. Il n'avait pas dit non, ce qui signifiait qu'il y réfléchissait. S'il apparaissait dans la ligne de mire de son appareil-photo, elle aurait sa réponse sans qu'aucun mot ne soit nécessaire.

— Parle-moi de ton exposition, reprit-il soudain.

— Vingt de mes meilleures photos, encadrées par des conservateurs et exposées dans une galerie lumineuse en plein cœur de Sydney. Je n'en ai que dix-neuf, cela dit. Ils attendent ma dernière image et ça m'angoisse. Je ne suis jamais satisfaite. Je cherche la perle rare.

— Et tu penses que la tempête fera l'affaire ?

— Peut-être…

Le ciel était déjà noir à l'ouest. La poussière rouge commençait à briller de cette lueur toute particulière, étrangement apocalyptique, dont le contraste était plus vivace encore que sous un soleil de plomb. Les nuages roulaient au-dessus de leur tête, gris profond, ourlés de lumière, lourds d'une pluie régénératrice et d'une menace sous-jacente – la destruction qu'entraînaient toujours les orages violents de l'Outback.

Il valait mieux ne pas piéger le Land Rover dans une de ces rafales de pluie, sous peine d'être enlisés sur la plaine pendant des jours. Mais elle avait vérifié la direction du vent avant de partir et avait cartographié leur itinéraire. Ils resteraient juste au sud des averses.

Si le vent ne changeait pas, du moins.

Elle sortit de piste et la voiture coupa à travers la plaine poussiéreuse et la végétation aride jusqu'au bord d'un gué, qu'ils traversèrent sans ralentir. De là, le sol ondulait vers le nord et l'ouest et s'aplanissait côté est ; dans la bonne lumière et avec l'objectif adéquat, les subtils contrastes du panorama ressortiraient merveilleusement sur ses photos.

Disposer son matériel ne prit que quelques minutes. Elle installa les tripodes, les appareils, les objectifs et le posemètre pendant que Judah l'observait en silence, ses très belles fesses tranquillement posées sur le capot de la voiture, un talon de botte calé sur le pare-chocs.

— La tempête, c'est de l'autre côté, marmonna-t-il après qu'elle eut jeté un coup d'œil de trop dans sa direction.

Et il était en train de rougir ! Elle cacha un sourire.

— Si tu as faim, il y a à manger dans le coffre et des boissons dans la glacière. Sers-toi !

Quand il lui avait dit qu'il l'accompagnerait, elle avait rempli un panier de pique-nique avec ce qu'elle avait de meilleur dans la réserve : brie, pâte de coings, crackers aux graines d'acacia, chocolat noir aux raisins secs, sandwichs à la dinde et à la moutarde maison que Gert lui laissait toujours avant de partir.

— Tu t'entraînes pour quand tu emmèneras tes touristes en excursion, mademoiselle Starr ?

— Absolument. Je ferai une guide hors pair, non ?

En retour, il lui offrit un petit sourire plein d'humour, et c'était la chose la plus adorable du monde. Oh ! elle *mourait* d'envie de capturer son visage en photo. Au lieu de cela, elle attrapa son kit et en sortit une presse fine qui lui permettrait de prendre une photo sans toucher les boutons, donc sans créer de mouvement involontaire.

— Tu as beaucoup de matériel.

— J'ai acheté beaucoup de choses au début pour compenser mon manque d'expérience, mais maintenant je n'en utilise même pas la moitié. J'ai mes appareils et mes objectifs préférés et je sais comment en tirer mon meilleur travail.

Elle sentait le poids de son regard sur elle, comme un frisson sur son échine, mais ne pivota pas vers lui.

— Je vois la vie comme un apprentissage constant. Les erreurs en font partie. J'ai appris au fur et à mesure que je n'avais pas besoin de tout le matériel sur le marché, juste de celui qui me correspond.

Elle prit quelques photos, ajusta les réglages. Maintenant que tout était prêt, elle pouvait aller chercher le panier de pique-nique, qu'elle posa près de Judah sur le capot. Elle y pêcha un sandwich et leva les yeux vers le ciel pour attendre la tempête. Judah attrapa le panier à son tour. Il ne fit aucun commentaire : au contraire, il hésita un moment, visiblement perplexe, puis hocha soudain la tête et attrapa un peu de tout. Il mangeait comme s'il avait été mal nourri pendant des années, avec un abandon total, et le cœur de Bridie se serra. Elle appréciait qu'il accepte d'être vulnérable en sa présence ; soudain, il avait l'air moins parfait, plus humain.

Puis, sans crier gare, le monde se colora d'ambre et les nuages orageux se déversèrent sur le ciel.

Pour capturer sans attendre la beauté chaotique du paysage, Bridie bondit derrière son tripode pendant que Judah rangeait le panier. Lorsqu'il apparut dans le champ de la photo, prêt à accueillir la pluie qui galopait vers eux à travers la plaine, elle le mitrailla sans hésiter. Elle voulait tout de ce qu'il présentait à cet instant, elle voulait immortaliser la force de sa silhouette sur le ciel nuancé, sa sérénité face à la tempête alors qu'il accueillait le fouet glacé de l'averse, les bras ouverts, le visage offert. La violence. La renaissance. Judah Blake, meurtrier et sauveur, son chapeau à la main et le visage levé vers les cieux. Si fort, si fragile. De retour à l'endroit où il s'était construit.

Impulsivement, elle activa le mode rafale et abandonna ses appareils pour le rejoindre. Elle le prit par la main et l'entraîna sans réfléchir dans une danse pure et instinctive, bien différente de celle qu'ils avaient partagée au bal. Ils tournèrent et tapèrent du pied et crièrent sous le vacarme de l'averse, et les larmes lui montèrent aux yeux, et elle les laissa rouler sur ses joues avec la pluie.

— Tu es revenu ! cria-t-elle pendant que les éclairs brisaient la noirceur dorée du ciel sous les coups de tonnerre. Je suis tellement heureuse que tu sois revenu !

Et soudain il l'attira à lui et l'embrassa passionnément. Le monde prudent de Bridie vola en éclats. Contre sa bouche, elle laissa échapper une exclamation surprise. Dans le chaos, il n'y avait plus que la tempête et Judah, et tous deux la ramenaient à la vie. Alors, avec toute l'ardeur du besoin, elle s'accrocha à sa nuque et lui rendit son étreinte.

4.

Judah n'avait jamais perdu le contrôle aussi vite, n'avait jamais assouvi son manque avec tant de brusquerie. Sans douceur, avec une avidité pure, sous le fouet glacé de la pluie, il attrapa son visage entre ses mains pour dévorer sa bouche. Les mains de Bridie volèrent comme des moineaux agités, de sa poitrine à sa nuque, avant de s'enfouir sous sa chemise pour s'arrimer à sa taille, à même la peau. Il l'attira plus près, toujours plus près ; il était déjà raide dans son jean ; il empoigna ses fesses pour la presser contre lui, incapable de retenir un coup de reins désespéré.

Il la voulait… *tellement.*

Mais elle s'était figée. Elle tenta de parler, ou de soupirer, ou peut-être de protester ? En la sentant se crisper entre ses bras, il retomba violemment sur terre. Non, non. Elle ne voulait pas aller plus loin – elle ne voulait pas de lui.

Il rompit brutalement leur baiser. Le souffle court, il enfouit le visage dans son cou. Il n'était pas prêt à la laisser partir… Mais il n'avait pas le choix.

— Désolé, murmura-t-il, la voix éraillée.

— Hmm ?

Elle avait glissé les doigts dans ses cheveux et le garda au creux d'elle, lovée contre lui.

Judah serra les dents. Il se détestait ; il n'avait aucune finesse. Il aurait pu jouir en quelques coups de reins, encore dans son jean – et pire encore s'ils avaient pris le temps de se déshabiller et qu'aucune barrière ne l'eût séparé d'elle. Il aurait… Il aurait, quoi ? Tourné primitif, animal, assoiffé d'elle. Il jura tout bas et, les mains sur les hanches de Bridie, recula légèrement pour leur accorder à tous deux un peu d'espace et un peu d'air. Il avait besoin que son cerveau se remette en marche.

Elle leva les yeux vers lui, visiblement perplexe.

— Pourquoi tu t'arrêtes ? s'enquit-elle. C'était parfait. *Tu* es parfait.

Quel étrange compliment, pour un homme comme lui.

— Bridie… Tu ne me connais pas.

Elle recula d'un pas et plissa les yeux.

— Je pourrais apprendre à te connaître. Et ensuite nous pourrions continuer à nous embrasser.

— Et nous irions plus loin qu'un baiser.

— J'espère bien. Je ne veux pas m'arrêter à un baiser.

— Tu ne me connais pas, répéta-t-il.

— Je veux te connaître.

Elle ne comprenait pas…

— Si tu creuses, Bridie, tu vas être déçue de ce que tu trouveras.

— Comment tu le sais ?

— Après ce que je t'ai fait au bal, comment peux-tu imaginer le contraire ?

Elle l'observa un long moment, sans se préoccuper de la pluie battante, puis fit un nouveau pas en arrière.

— Tu es trop dur avec toi-même, Judah. Mais, si tu ne veux pas de ce que je veux t'offrir, je n'ai pas l'intention d'insister. Appelons ça un accident de parcours. Les circonstances étaient propices, nous avons perdu la tête. C'est déjà oublié.

— Très bonne idée.

Il avait toujours considéré Bridie comme quelqu'un de jeune, de fragile. Il se souvenait de son visage terrifié, lorsqu'il avait ouvert le coffre. Bien sûr, elle avait grandi, mais elle ne savait pas ce qui l'attendait avec un homme aussi instable que lui. Aussi affamé de ses caresses. Sept ans en prison… Il ne se faisait pas confiance. Il ne serait jamais à la hauteur de ses attentes ou de ses besoins.

— Crois-moi, c'est mieux comme ça.

Il leva le visage vers le ciel et laissa la pluie doucher le désir brûlant qu'il avait de se consumer, corps et âme, dans les bras d'une femme qui méritait bien mieux que lui.

Quand il revint enfin à la voiture, la tempête s'était calmée, Bridie avait rangé son matériel, et il avait les bottes couvertes de boue rouge. Elle lui passa une serviette en silence, sans croiser son regard. Il la remercia d'un marmonnement malaisé.

— Prêt à partir ?

Il retint une grimace. Enfermés dans la même voiture après cette débâcle… S'il ne mourait pas de gêne avant leur arrivée, il s'estimerait heureux.

À cause de la pluie, le retour dura trois fois plus longtemps que l'aller mais, Dieu merci, ils arrivèrent à bon port sans s'embourber. Les cheveux de Bridie avaient commencé à sécher en boucles lâches autour de son visage. Elle avait un profil si délicat, avec sa peau soyeuse et ses longs cils. Il sortit de la voiture à la hâte et se tourna vers elle, soulagé par la gifle de l'air orageux.

Il avait hâte de prendre la fuite. Mais, pire encore, il avait honte de la façon dont il s'était comporté cet après-midi.

— Bridie…, commença-t-il, tu es très belle.

Elle haussa un sourcil, l'œil féroce.

— Je sais, merci.

— Comme tu t'en doutes, je n'ai touché personne depuis presque huit ans. Ma maîtrise de moi-même n'est plus ce qu'elle était. Je ne veux pas de ta gratitude ou de ta pitié. Je ne veux pas non plus te blesser. Il vaut mieux que je garde mes distances. D'accord ?

— Je vois. Tu es le grand méchant loup et je suis une pauvre petite innocente.

Elle secoua la tête et grimpa les marches du perron. Au lieu de claquer la porte derrière elle, néanmoins, elle s'arrêta sur le seuil et se tourna une dernière fois vers lui pour le foudroyer d'un regard de chaton en colère.

— Comment peux-tu croire des bêtises pareilles ? Tu n'es pas un monstre ! Personne d'autre ne pense ça de toi, Judah.

— Et ils ont tort ! s'écria-t-il, agacé. Tu ferais mieux de m'écouter. Et de me remercier !

— Te remercier ? D'être un imbécile ?

— D'avoir un peu de retenue !

De s'être arrêté avant qu'ils n'aillent trop loin ! De vouloir la protéger ! Encore et encore, parce que, apparemment, son destin était de se faire avoir pour les beaux yeux de Miss Bridie Starr, le fléau de son existence. Il tourna les talons et prit la fuite avant de succomber à nouveau.

Bridie passa le reste de la journée à fulminer en développant sa pellicule. Dans la chambre noire, elle découvrit qu'elle venait de prendre quelques-unes des plus belles photos de sa vie. Chaque image scintillait d'un danger prophétique ; de passion, de plaisir, et d'une brutalité pure et sublime.

Son matériel, réglé pour se déclencher toutes les trente secondes, avait capturé l'instant sauvage qu'ils avaient partagé. Sur les clichés, ils étaient tous les deux plus beaux qu'elle n'aurait jamais pu l'imaginer.

Ils avaient partagé un instant incroyable… Mais il avait été clair.

— Quel imbécile, marmonna-t-elle le matin suivant en touillant son thé, toujours fulminante.

— Je parie que tu parles de mon frère.

La voix venait de l'entrée, où Reid l'observait contre le

chambranle, les cheveux en pagaille et le chapeau dans la main.

— Il est d'une humeur de chien, lui aussi, annonça-t-il avec un sourire.

— Qu'est-ce que tu fais ici ?

— Je suis venu parler affaires. Et prendre de tes nouvelles. Ton père n'est pas rentré ?

— Non. Il ne m'a même pas appelée.

— Tu as parlé à ta tante ?

— Pas depuis le procès, murmura-t-elle. Et, non, ce n'est pas moi qui ai coupé les ponts. J'adore ma tante, même si elle aussi c'est une imbécile. Elle se sent coupable parce qu'elle a fait confiance à un salaud. Il l'a charmée pour pouvoir me mettre le grappin dessus plus facilement, et elle a trop honte pour me parler. Je l'ai appelée. Je lui ai écrit. Je l'ai suppliée de venir me voir, de se pardonner. Je lui ai juré que je ne la tenais pas pour responsable de la folie d'un autre. Ça n'a servi à rien.

Reid cligna des yeux.

— Hum… D'accord…

— Tu voulais parler affaires ?

— Oui, fit Reid en reprenant contenance. Qu'est-ce que tu penses d'un pan de mur en verre et d'un toit rétractable, pour les chalets ?

Bridie cligna des yeux, perplexe.

— Imaginons que tu connaisses quelqu'un d'un peu claustrophobe, qui n'aime pas dormir à l'intérieur. Ce serait une bonne solution pour qu'il n'élise pas domicile à l'arrière de son pick-up, non ?

— Judah ? devina Bridie.

— Je veux juste lui faciliter la vie. Je ne suis pas certain qu'il soit aussi à l'aise qu'il veuille nous le faire croire. Le diable est dans les détails, hein ?

Pas que dans les détails, si elle en croyait leur conversation de la veille.

— Quoi de mieux que des toits et des murs qui disparaissent ? Un plafonnier allumé et tes hôtes pourront faire connaissance avec tous les insectes de la région.

Reid grimaça un sourire.

— D'accord, mon plan a besoin d'un peu de travail. Tu veux m'aider ?

Ils passèrent les deux heures suivantes à concevoir une myriade de chalets en discutant des meilleures façons de séduire des invités richissimes aux goûts excentriques. L'enthousiasme de Reid était contagieux ; très vite, Bridie se prit au jeu à son tour. Elle était presque impatiente de mettre leurs projets à exécution.

Finalement, ils arrivèrent à un plan qu'ils aimaient tous les deux, et Bridie hocha la tête, satisfaite.

— Je crois que je peux m'habituer à l'idée.

Reid sourit et serra un poing triomphant.

— J'en étais sûr ! Et tu seras bientôt une photographe connue dans le monde entier… Ton nom fera venir des clients de loin.

Elle cacha son visage dans ses mains avec un petit rire. Elle avait choisi la dernière photo de son exposition ce matin. En y repensant, elle avait des papillons dans le ventre.

— J'aimerais bien, murmura-t-elle. Mais j'ai peur que les critiques ne se concentrent sur mon passé plutôt que sur mon travail. Qu'ils traînent mon nom dans la boue, et celui de Judah. Et par extension… le tien.

Elle parlait d'expérience. Elle abaissa les mains.

— Tu étais peut-être trop jeune pour te rappeler la façon dont la presse a traité le sujet, mais…

— J'étais au pensionnat. Crois-moi, je m'en souviens.

— Oh. Désolée.

— Ne t'excuse pas. Ce n'est pas ta faute. Mais je comprends que tu angoisses.

Reid attrapa le crayon pour numéroter les croquis.

— Je veux protéger mon frère. Il fait semblant d'être

indestructible, mais il est loin d'être aussi insensible qu'il le pense. J'espérais que ton père serait là pour m'aider, mais…

Mais son père n'était pas là.

— Est-ce que *je* peux t'aider ?

— Judah aimerait réunir plusieurs hectares de Jeddah Creek, de Devil's Kiss et du domaine des Conrad pour en faire un fonds de conservation. Si tu peux convaincre ton père de l'appeler pour en parler, tu l'aiderais déjà beaucoup.

— Rien d'autre ? Quelque chose que je pourrais contrôler moi-même ?

— Invite-le pour le petit déjeuner ou appelle-le une fois par jour, peut-être ? Comme ça, il saura que tu es en sécurité. Donne-lui des nouvelles. Il s'inquiète pour toi. Moi aussi, d'ailleurs.

— Je peux vous envoyer une photo par jour. Je vais créer une conversation de groupe.

— Ouais. Ça lui fera plaisir. Judah a besoin d'amis.

— Reid…

Elle étouffa un soupir. Elle ne savait pas comment lui expliquer ce qu'elle ressentait.

— Mes sentiments pour ton frère sont… compliqués. Je ne sais pas si nos fiançailles vont vraiment fonctionner, ni s'il me laisserait être son « amie ». Il y a tellement de choses irrésolues entre nous…

De l'attraction. De la gratitude. Ce statut de sauveur qu'il ne parvenait pas à dépasser et, maintenant, la distance qu'il voulait imposer entre eux.

— Tu pourrais essayer de recommencer à zéro à Sydney ? Sortez ensemble, jouez les touristes. Juste des choses simples, proposa Reid, plus optimiste. Mais ne t'étonne pas qu'il ne reste pas dans sa chambre la nuit. Je crois qu'il ne supporte pas de dormir entre quatre murs.

Peut-être pourrait-elle demander à faire installer un lit de camp sur le balcon. Ou bien marcher avec lui toute la nuit, à travers la ville, et apprendre à le connaître.

— Je resterai de marbre face à ses habitudes nocturnes peu conventionnelles, promis.

— Merci.

Elle sourit. Elle aimait voir Reid grandir, dépasser l'adolescence, et devenir un homme si responsable et si attentionné.

— Je ne sais même pas s'il viendra vraiment à Sydney.

— Il t'a dit qu'il viendrait, et mon frère est un homme de parole.

— Oui, mais je n'aurais pas dû lui forcer la main. Sur le moment, j'étais concentrée sur mon petit confort. Je n'ai pas pensé que Judah pouvait avoir des problèmes avec son environnement. C'était stupide de ma part. Je suis pourtant bien placée pour comprendre.

Elle ne pouvait pas continuer de traiter Judah comme un super-héros sans faille. C'était naïf et cela n'entraînerait entre eux qu'une toxicité destructive.

— Je peux y aller toute seule, affirma-t-elle.

Gorge nouée. Paumes moites.

— Je vais l'appeler et lui dire que j'ai changé d'avis. Que j'ai une amie qui veut m'accompagner, ou quelque chose comme ça. Je veux lui laisser le choix.

— Je te demande d'être compréhensive, pas de le mettre sur la touche, objecta Reid. Changer d'air lui ferait du bien, en plus. Il a besoin de voir du pays. Il sera là pour toi à Sydney ; je te demande juste d'être là pour lui également. Il a besoin d'une amie.

— Oui, mais…

— Ne m'oblige pas à te dire que tu lui dois bien ça.

— Coup bas, marmonna Bridie.

Reid ne détourna pas le regard.

— D'accord, d'accord, capitula Bridie. Mais je veux quand même lui donner l'option de refuser, juste au cas où.

De mauvaise grâce, Reid hocha la tête.

En fin d'après-midi, Bridie appela Judah, le cœur battant.

Ils échangèrent quelques politesses malaisées avant qu'elle n'entre dans le vif du sujet.

— Hé, je pensais partir pour Sydney un jour plus tôt que prévu, et j'imagine que ça ne sera pas très pratique pour toi. Si tu veux annuler, n'hésite pas.

— C'est à cause de notre baiser ?

Bridie grimaça. Quel tact…

— Ah… euh… non ? Non, pas exactement. Je sais qu'il n'y aura pas de baiser si tu décides de venir.

— C'est pour ton bien.

Elle se retint de lever les yeux au ciel. Comment un homme si bon pouvait-il en venir à penser qu'il était si fondamentalement mauvais ?

— Je ne suis pas sûre d'être d'accord, mais passons. Je voulais juste te dire que tu n'es pas obligé de venir.

— Je peux partir pour Sydney un jour plus tôt. Pas de problème.

Oh…

— Même si c'est compliqué entre nous ?

— C'est toujours compliqué entre nous.

Il n'avait pas tort.

— Très bien. Alors départ mercredi et retour samedi.

Parfait. Au lieu de le faire lâcher prise, elle avait réussi à prolonger leur séjour. Quelle idiote !

— Mais je ne plaisante pas, Judah. Je suis une grande fille. Je peux y aller toute seule si tu changes d'avis.

— Je ne changerai pas d'avis, déclara Judah, sûr et stable. Je t'ai fait une promesse. Je viens avec toi.

5.

À travers le hublot, le port de Sydney scintillait comme un bijou. Au détour d'un virage serré, Bridie aperçut le relief du port, la silhouette distinctive de l'Opera House, les hautes tours de la ville et l'étrange paysage des toits de la banlieue. Elle et Judah volaient en première classe et le trajet s'était déroulé comme dans un rêve. Son plaisir devait être contagieux : à côté d'elle, Judah ne pouvait contenir un sourire amusé chaque fois qu'on leur offrait de la nourriture et des boissons.

Elle avait opté pour une tenue légère et souple, agréable pour voyager. Le col de sa chemise descendait un petit peu trop bas, et elle avait mis des talons, mais elle avait pris soin d'ajouter un foulard et de le draper stratégiquement, si bien qu'elle parvenait à supporter les regards admiratifs que des inconnus lançaient dans sa direction.

Une jolie femme. Elle le savait, elle en avait fait sa carrière, à une autre époque. Son apparence avait attisé les horribles pulsions de Lawrence, mais elle lui avait aussi permis de découvrir le monde, au-delà de Devil's Kiss. Elle avait tant aimé voyager, apprendre, découvrir. Peut-être parviendrait-elle un jour à profiter de la vie comme jadis. Elle avait simplement besoin d'assurance…

De beaucoup, beaucoup d'assurance.

À ce moment précis, elle en manquait cruellement. Elle tentait de retenir ses réflexes les plus nerveux – elle tripotait le bracelet des Blake et touchait sans arrêt l'émeraude de sa bague de fiançailles dans l'espoir que ses mains ne se mettent pas à trembler de nervosité.

Près d'elle, Judah était la retenue incarnée. Elle sentait l'énergie bouillonnante qu'il maîtrisait à la perfection, juste une tension dans ses épaules, juste un éclat dans ses yeux sombres. Il ne savait pas que, si elle était fébrile, c'était parce qu'elle avait quelque chose à lui avouer.

Elle avait choisi ses photos pour l'exposition, et il était dessus. Elle avait besoin de sa permission.

— Judah ?

Il leva le visage de son journal, les yeux couleur de silex. Elle déglutit ; son courage s'évanouit.

— Tu ne veux pas changer de place ? La vue est magnifique.

— Profite. C'est toi, la photographe de paysages.

Elle saisit la perche au vol.

— Parfois je photographie aussi des personnes. Parfois le résultat est extraordinaire. Digne d'une exposition en galerie.

Il savait exactement ce qu'elle voulait dire, elle en était certaine ; mais il resta de marbre.

— Si l'art est un cheminement, reprit-elle, alors tu fais partie du chemin que j'ai accompli, et ta liberté est la conclusion de mon œuvre actuelle.

— Fais ce que tu veux des photos que tu as prises.

— Non. Je voudrais te montrer celle que j'aimerais exposer. Tu es dessus. Il vaudrait mieux que tu la voies.

— Si tu l'aimes, c'est ce qui compte. Je n'ai pas besoin de la voir.

— Tu me donnes ta permission, alors ?

Il hocha la tête, la nuque raide.

— Je signerai la dérogation de la galerie, ne t'inquiète pas.

— Merci. Je peux te la montrer, dit-elle en sortant son

téléphone de sa poche. J'hésite avec une autre, mais je ne suis pas sûre… J'adorerais avoir ton avis.

— Je les verrai le soir du vernissage, non ?

— Oui, mais…

Il soutint son regard, le visage neutre, et elle sentit les mots s'évaporer avant qu'ils ne dépassent ses lèvres.

— D'accord, soupira-t-elle. Ce sera une surprise, alors.

Il avait dit oui. Que pouvait-elle bien vouloir de plus ?

La vérité, c'est qu'elle voulait tout de lui, tout ce qu'il était prêt à lui donner. Elle secoua la tête et se tourna vers le hublot.

L'hôtel avait l'air tout droit sorti d'un rêve, et le gérant, avec la subtilité révérencielle que seuls les établissements cinq étoiles se targuaient d'offrir, les accueillit en personne.

— Monsieur Blake, mademoiselle Starr, nous vous avons préparé la Bridge Suite. Quatre cents mètres carrés à votre disposition, avec deux chambres, une salle à manger, un salon, des baies vitrées avec une vue panoramique sur le port, une immense terrasse et un concierge à votre disposition vingt-quatre heures sur vingt-quatre.

— Oh ! murmura Bridie. Merci beaucoup.

Ce n'était pas la chambre qu'elle avait initialement réservée : apparemment, être milliardaire ouvrait des portes dont elle ne connaissait même pas l'existence.

— Nous pouvons aussi nous charger de stocker vos œuvres d'art.

— Oh ! Non, quelqu'un de la Bridge West Gallery doit venir les chercher dans la journée.

— Désirez-vous les garder avec vous en attendant ?

— Oui, merci beaucoup.

— Je me chargerai de vous appeler dès que le coursier arrivera, dans ce cas. Nous avons nous-mêmes certains de leurs artistes exposés dans l'hôtel. Vous trouverez notamment un petit Olsen et un Noonan dans votre suite.

— J'ai hâte de les voir.

— Ils sont bien sûr disponibles à l'achat.

La suite était l'endroit le plus luxueux que Bridie avait jamais vu, un immense appartement de verre avec d'élégantes nuances de crème et de boiseries. Une fois que le bagagiste eut refermé la porte derrière eux, Bridie laissa échapper un sifflement admiratif.

— Judah ! Combien tout cela te coûte-t-il ? J'avais dit que je payerais le séjour… C'est moi qui t'ai invité ici.

Il haussa les épaules et sourit, amusé.

— C'est quoi, un Noonan ?

Elle éclata de rire.

— Aucune idée.

La vue à travers la baie était extraordinaire. Les ferries et les bateaux cavalaient en contrebas. L'eau, sous le soleil, brillait de mille éclats. Tout près, au pied de l'Opera House, une foule d'inconnus se baladaient sur le quai.

La beauté de la ville et de la suite, le spa privé et le luxe de sa chambre parvinrent à distraire un peu Bridie de sa nervosité. Un peu, mais pas assez. Lorsqu'elle revint dans le salon, Judah avait retiré son blazer et était planté dans la pièce en chemise blanche, les manches retroussées sur ses avant-bras hâlés. Oui, la vue de la terrasse était extraordinaire, mais rien ne valait la beauté solaire de Judah – la force de ses bras, la grâce de ses mains puissantes.

Elle aurait aimé le voir torse nu… Admirer les muscles de son dos. Il allait prendre des bains à quelques cloisons d'elle… Elle pouvait l'imaginer nu, ruisselant, planté devant l'une des immenses fenêtres.

— Tu vois quelque chose qui t'intéresse ?

Elle sursauta. Se trompait-elle, ou y avait-il un soupçon de langueur satisfaite dans sa voix grave ?

— Non ! Désolée, je pensais à autre chose, rougit-elle.

Elle tourna vite les talons et sortit sur la terrasse pour contempler les voiles blanches, le ciel bleu, les jeux du soleil sur les vitres des buildings et sur les nuances de l'écume. Tout était si mouvant, si animé.

Était-elle prête à affronter Sydney ?

Pendant qu'une femme de chambre rangeait leurs vêtements dans des garde-robes séparées, le galeriste vint récupérer ses photos et lui promit qu'elles seraient toutes installées dès le lendemain après-midi. Si elle voulait passer pour voir l'exposition en avant-première et se présenter aux employés de la galerie, elle serait la bienvenue. Et M. Blake ! Oh ! M. Blake aussi était le bienvenu. Le galeriste connaissait son nom, bien sûr. Il se répandit en flatteries, mais Judah resta de marbre.

Elle avait l'étrange sentiment que lui non plus n'était pas à l'aise ; ni avec cet inconnu en pâmoison, ni dans cette suite trop luxueuse.

— D'accord, monsieur la star, dit-elle après le départ du galeriste. Je te propose de traverser le pont, dépasser Luna Park, et aller jusqu'au jardin secret de Wendy White. Ça fait des lustres que je fais l'ermite à Devil's Kiss. J'ai envie de voir jusqu'où je peux aller, et je me sens bien plus en sécurité avec toi que toute seule. Tu veux m'accompagner ?

Il l'observait attentivement, un demi-sourire aux lèvres. C'était toujours une vraie merveille de voir cet homme se détendre et s'illuminer.

— J'imagine que je peux me rendre utile, dit-il.

Savait-il qu'il lui donnait la chair de poule d'une seule parole ? Savait-il qu'il éveillait en elle l'envie de s'offrir, même après son refus, et peu importait qu'elle soit vierge ?

Non. Il avait été clair. Elle ne voulait pas insister. Elle ne voulait pas profiter de son sens du devoir. Plus de baisers ! L'amitié avant tout. Leurs fausses fiançailles ne mèneraient à rien d'autre qu'à un accord commercial.

Ils marchèrent ensemble sur le pont jusqu'au jardin de Wendy, avec ses immenses figuiers et sa vue sublime sur le port. Ils hélèrent un taxi d'eau sur le chemin du retour et naviguèrent sous le pont jusqu'au Circular Quay. Le crépuscule avait peint le ciel de mauves et de violets. Bridie aurait aimé avoir son appareil-photo, mais elle avait décidé de ne pas l'emporter avec eux pour profiter pleinement de l'instant présent. Et, avec Judah, pas une seule fois elle ne se sentit mal à l'aise.

Judah semblait apprécier la ville. Il ne disait pas grand-chose, mais son langage corporel communiquait beaucoup. Il était plus détendu, maintenant qu'il avait de l'espace et pouvait se mouvoir à son aise. Elle prit soin de choisir un restaurant avec une terrasse ouverte sur le port. Un verre, puis deux. Judah lui demanda ce que le succès de l'exposition voudrait dire pour sa carrière ; ce qu'elle voulait photographier ensuite ; où elle voulait voyager.

— Chaque chose en son temps, fit-elle en souriant. Je veux d'abord finir cette exposition.

— Repousse tes limites. Pense à ce que tu veux faire de ta vie pour prendre les bonnes décisions au moment propice.

— Et pourtant tu me disais il y a quelques jours que j'étais trop faible pour un homme comme toi. Tu avais l'air de penser que je ne pouvais pas aller bien loin.

Ses doigts hâlés se figèrent sur son verre. Son regard accrocha le sien, scintillant d'un féroce brasier. Le silence s'étira, tendu.

— J'espère quand même que nous pouvons être amis, reprit Bridie. Dis-moi quelque chose que seuls tes amis savent.

— Ne pique jamais ma nourriture.

— Ne t'inquiète pas. Je suis une ancienne mannequin. Je mange à peine dans *mon* assiette, je ne vais pas voler dans la tienne. Mais, hé, nous partageons une bouteille de vin. Merci de ta générosité.

Elle lui sourit. Essayer de faire ami-ami avec un repris de justice milliardaire était plus difficile qu'elle ne l'avait espéré, mais elle était prête à faire tous les efforts du monde.

— À toi, Bridie. Dis-moi quelque chose que tu ne dirais qu'à tes amis.

Avait-elle de vrais amis, en dehors de Gert ? Elle n'en était pas certaine.

— J'ai une veilleuse dans ma chambre. Elle est déguisée en prise à moustiques la journée mais, soyons honnêtes, c'est une veilleuse. Je ne peux pas dormir sans.

Plutôt que de se moquer d'elle, il hocha la tête et continua de jouer le jeu :

— Quand je suis à l'intérieur j'aime être face à la porte.

— Et s'il y a plusieurs portes ?

— Dos contre le mur.

Même ici, sur la terrasse, il avait opté pour la place dans le coin, entre la cloison et la rambarde.

— Aucun de nos véhicules n'a de coffre, avoua-t-elle à son tour. Nous n'avons que des camionnettes ou des pick-up à benne ouverte.

— Nous aussi.

— Hé ! Nous avons un point commun. Nous sommes sur la bonne voie, non ? Pour être amis.

Judah fit signe à un serveur de leur apporter l'addition avant de baisser de nouveau les yeux vers elle. Comme toujours, son regard tomba avec une cette intensité qu'elle aurait voulu garder sur elle pour toujours.

— Oui. Sur la bonne voie.

Et, enfin, il lui offrit ce sourire qu'elle aimait tant.

— Tu sais, ajouta-t-il, quand j'ai entendu que tu t'étais enfermée chez toi pendant toutes ces années, j'ai d'abord été en colère. Je voulais que tu profites de chaque instant de la vie pour que mon sacrifice n'ait pas été vain.

Elle ne savait pas quoi répondre.

— Mais je comprends mieux, maintenant, murmura-t-il. Les conséquences d'un traumatisme. Il faut prendre son temps. Trouver son chemin et ses marques. Je me reconstruis très lentement, moi aussi.

— Je sais, souffla-t-elle.

— C'est pour ça que ce n'est pas une bonne idée de t'impliquer. Je ne peux que te décevoir, Bridie.

Elle secoua la tête. Elle connaissait cette façon de penser. Elle avait eu la même. Elle avait passé des années dans cet endroit mental qu'il lui décrivait aujourd'hui. C'est là-bas qu'elle l'avait pleuré, lui. Elle essuya une larme subreptice avant qu'elle ne roule sur sa joue, mais Judah frôla tout de même sa main d'un geste trop tendre pour de l'amitié.

L'addition arriva. La balade du retour était d'un romantisme inouï, dans la nuit fraîche et les lumières scintillantes de la ville.

Le silence était serein.

Ils marchaient au même rythme, épaule contre épaule.

Judah ne parlait pas. Arrivé à l'hôtel, face aux portes coulissantes, il s'arrêta sur le trottoir.

— Tu ne rentres pas tout de suite ?

— Non.

Il ne prit même pas la peine de chercher une excuse. Judah… Ses silences en disaient plus long que ses aveux. Sa dignité, sa fierté et son instinct de survie semblaient lui interdire d'avouer ses angoisses ou ses faiblesses. Il refusait d'admettre qu'il peinait à trouver sa place dans une vie sans barreaux. Mais Reid avait prévenu Bridie, et elle se contenta de hocher la tête sans insister :

— On se voit demain matin, alors. Je pensais descendre petit déjeuner à 8 heures. Je te garde une place ?

— Bonne idée.

Pas exactement une promesse, mais c'était mieux que rien. Les portes de l'ascenseur commencèrent à coulisser. Il était toujours face à elle, les yeux dans les siens.

— Dors bien, Bridie. Passe mes respects à Noonan.

Elle rit alors que les portes se refermaient doucement.

6.

Il était plus d'1 heure du matin, et Judah peinait à garder les yeux ouverts, bercé par le roulis de l'eau. Le ferry arrivait au Circular Quay. Par l'Interphone, le pilote annonça aux derniers passagers (lui et un jeune couple enlacé) qu'ils avaient atteint le terminus et leur souhaita bonne nuit.

Dommage que le service ferme jusqu'au petit matin ; il aurait préféré rester sur le bateau toute la nuit. L'air du port l'apaisait ; le mouvement et l'horizon lui avaient manqué. Après avoir grandi dans l'Outback, perdre la vue du ciel avait failli le briser.

Mais il s'en était sorti. Encore jeune, encore plein d'énergie, et assez riche pour vivre une vie de luxe et de privilèges. Il avait un petit frère aimant, il fréquentait une femme magnifique qui lui offrait ses baisers, ou, à défaut, son amitié.

Il avait une chance inouïe.

Sur le chemin de la sortie, en passant devant une vieille dame sans domicile, il laissa tomber le billet de cinquante dollars qu'il avait dans la poche. Elle avait une sorte de Caddie – un de ces engins à deux roues, avec un guidon et un petit siège – et, instinctivement, il avait deviné qu'elle n'avait nulle part où aller.

— Jeune homme ? Vous avez fait tomber de l'argent.

Elle le regardait bien en face, droite et honnête, comme si son intégrité était une chose précieuse, une qualité qu'elle ne compromettrait pas. Il reconnut sa fierté sans peine ; il avait la même. Les gens pouvaient bien penser ce qu'ils voulaient de lui, il savait qu'il était un homme de principes.

— Non, dit-il doucement.

Il ramassa le billet pour le lui tendre avant de l'aider à pousser son Caddie pendant qu'elle descendait la rampe d'accès.

— Vous n'êtes pas d'ici, pas vrai ?

— Non. Et vous ? Vous êtes d'où ?

Elle lui sourit. Elle avait un regard très doux et un tailleur très élimé, orné de boutons en nacre.

— C'est une longue histoire…

— Si vous voulez, je vous offre un café, dit-il en montrant une brasserie encore ouverte. J'ai le temps.

Quand ils se séparèrent enfin, tard dans la nuit, Judah avait offert à Mary (elle s'appelait Mary) une chambre payée pour une semaine, petit déjeuner compris, et tout le liquide qu'il avait sur lui. Oh ! et son numéro de téléphone. Elle lui avait raconté qu'elle avait travaillé toute sa vie comme commise-comptable pour son mari. Mais celui-ci était joueur, et si elle avait toujours eu un toit de son vivant les créditeurs étaient venus sonner à sa porte après sa mort.

— Mon expert-comptable cherche un commis, dit-il. Il faudrait déménager dans un village dans l'ouest du Queensland et je ne sais pas si le poste vous intéresserait, mais je peux au moins vous promettre que les gens y sont accueillants. Passez-moi un coup de fil, d'accord ? Je vous payerai le billet d'avion pour passer un entretien.

— Oh ! mon chéri, garde donc ton argent. J'ai soixante-sept ans. Qui va m'employer maintenant ?

— Mon comptable en a soixante-dix. Vous serez une jeunette pour lui.

Elle s'esclaffa d'un rire plein de chaleur. Il sourit à son tour. L'indifférence des gens ne l'avait pas encore brisée.

— Je vais y réfléchir, alors. Tu es un homme bien.

— J'essaye.

Il n'arriva à l'hôtel qu'après 3 heures. Dans la rue calme et silencieuse, sa vigilance s'était enfin adoucie en une curiosité paisible. À la porte, il salua les employés de nuit, jeta un œil à leurs visages et leurs badges, puis monta à l'étage. Sa chambre avait un mur entier de fenêtres, dont une porte vitrée donnant sur la terrasse. Peut-être qu'il parviendrait à dormir à l'intérieur sans trop d'inconfort, de cette façon. Après tout, le lit était plus dodu qu'un nuage, tapissé d'édredons blancs et gris perle. Tout était minutieusement luxueux, jusqu'aux chaussons assortis près de la table de nuit et aux chocolats sur l'oreiller ; le concierge était passé plus tôt dans la soirée pour ouvrir les draps.

Si ce lit ne parvenait pas à le convaincre de rester à l'intérieur, rien n'y ferait. Il songea à Mary, sans abri, et persuadée qu'elle n'avait plus d'avenir. Il songea à Bridie, ses angoisses, et tout le chemin qu'elle avait parcouru.

Il poussa un soupir, se déshabilla et se glissa entre les draps.

Bridie se leva tôt pour voir le lever du soleil, appareil-photo en main. Elle adorait cette heure de la journée, quand la lumière brillait encore doucement et répandait sa magie sur le monde. Elle trouva Judah couché dans un transat, dehors, sur la terrasse. Elle ne voulait pas le réveiller mais, lorsqu'elle pivota de nouveau vers lui, il avait les yeux grands ouverts dans l'ombre du bras qu'il avait jeté sur son front pour se protéger de la clarté.

— Quelle heure est-il ?

— Six heures moins le quart. Regarde-moi cette beauté !

Il ne grogna pas, mais presque. Une vraie fiancée lui aurait peut-être demandé à quelle heure il était rentré ou l'aurait accompagné jusqu'à ce qu'il rentre à l'hôtel. Seulement voilà, elle n'était pas réellement sa fiancée.

— Je vais commander du café au *room service*. Tu veux quelque chose ?

Voilà qu'il était debout et s'étirait sous ses yeux, et elle ne pouvait détourner le regard. Il ne portait que son boxer… Et chaque centimètre de son corps était d'une perfection à couper le souffle.

— Noir et fort, sans sucre, avec de la crème séparée, répondit-il de sa voix rauque.

— Je m'en occupe !

Elle alla passer la commande, en proie au trouble. Elle aurait tant aimé le photographier… Elle ne lui avait pas menti : elle prenait rarement des clichés des gens. Elle aurait aimé se dire qu'elle aimait tant photographier Judah parce que c'était une nouvelle expérience, mais elle ne pouvait pas nier l'évidence. Il était magnifique. Magnifique, et dangereux, et fascinant. Chaque fois qu'elle le voyait, elle brûlait de capturer un fragment de lui. Un regard. L'angle de sa mâchoire. La puissance de sa démarche. Elle voulait les garder en souvenir.

Lorsque les cafés arrivèrent et que Judah la rejoignit dans la cuisine, elle avait repris le contrôle d'elle-même. Elle était décidée à le traiter avec l'amitié qu'il méritait.

— Alors, j'ai réfléchi au programme de la journée.

Il leva les yeux. Elle crut déceler un sourire derrière sa tasse. Elle le sentait détendu, malgré sa propre présence, et c'était le plus beau des compliments, venant de Judah.

— Hmm ?

— Je vais aller faire du shopping ce matin, j'ai besoin de quelque chose pour ce soir et je n'aime plus ce que j'ai dans ma valise. Je reviendrai après avoir jeté un coup d'œil à la galerie. J'en aurai certainement plus qu'assez d'être avec des gens, à ce moment-là, et j'aurai besoin de recharger mes batteries avant le vernissage. Je pensais prendre un déjeuner tardif ici. Tu veux que nous mangions ensemble ?

— Ça me va.

Elle hocha la tête. Hésita un instant. Puis reprit :

— J'aimerais beaucoup que tu sois là ce soir. Je vais être… très nerveuse. Mais, si tu n'as pas envie d'y aller, je ne veux pas que tu te sentes obligé.

Il n'hésita pas une seconde.

— Tu es ma fiancée. C'est ton premier vernissage. Bien sûr que je serai là.

— Si je te serre la main à t'en faire mal, ça veut dire qu'il faut que je sorte avant d'entrer en hyperventilation devant témoins. Beaucoup d'artistes sont connus pour être fragiles ou dramatiques, mais ce n'est pas l'image que je veux donner.

— Même si tu *es* fragile et un peu dramatique ?

Elle rit doucement.

— Oh ! ça va. Je n'ai aucune envie de montrer mes faiblesses. Je crois que tu peux comprendre, non ?

— Tu peux compter sur moi.

— Merci, Judah.

Le café était délicieux. Un silence agréable flotta entre eux un moment avant qu'elle ne reprenne la parole. Avec un peu de café et beaucoup d'efforts conversationnels, elle parvint à le faire bavarder un peu, cet homme si laconique. Finalement, elle ne put se retenir plus longtemps et avoua :

— Je ne crois pas que tu en sois conscient, mais tu m'émerveilles. Tu as une telle présence… Toute cette force et cette puissance retenues. Quand je te vois, j'ai toujours envie de comprendre sa source, de capturer ton essence en photo.

Il resta silencieux, si longtemps qu'elle sentit ses joues s'échauffer de honte. Bon. Il valait mieux lui laisser un peu d'air avant qu'il ne l'envoie sur les roses.

— Bref… Je vais me préparer. À tout à l'heure, alors ?

Comme il ne disait toujours rien, elle pivota. Il attendit jusqu'à la dernière seconde ; elle avait déjà traversé le couloir et ouvert la porte de sa chambre lorsqu'il rompit enfin le silence :

— Hé. Tu m'émerveilles aussi, Bridie.

Judah observait Bridie avec inquiétude. Il était 18 heures, et elle avait cessé de faire semblant d'être courageuse. Elle faisait les cent pas dans le salon, si délicate qu'elle semblait prête à se briser. Elle avait refusé de manger quoi que ce soit depuis le déjeuner.

— Combien de pièces as-tu besoin de vendre pour que cette exposition soit considérée comme un succès ?

Elle serra frileusement les bras autour d'elle.

— Les vendre toutes, ce serait plutôt pas mal.

Elle tenta de sourire, mais la plaisanterie n'avait pas le même panache lorsque ses mains tremblaient aussi fort.

S'il le fallait, il achèterait toutes ses photos. Il avait déjà appelé la galerie dans l'après-midi pour réserver une des œuvres. Il avait accepté qu'elle expose son portrait dans la galerie, mais plutôt mourir que de laisser quelqu'un mettre le grappin dessus. La directrice de la galerie lui avait d'abord dit que le cliché n'était pas à vendre, mais son argent avait eu raison de ses réticences. Elle avait accepté de ne vendre la photo à personne d'autre que lui.

— Tu trouves que ma tenue fait artiste ? s'enquit Bridie.

Il revint à la réalité et leva les yeux vers elle, un peu confus. Comment pouvait-il bien savoir ce que les artistes portaient, ces jours-ci ? Est-ce qu'ils n'étaient pas tous censés se balader en col roulé et pantalon noirs ? À moins que ce ne soit devenu l'uniforme du high-tech…

Bridie, elle, avait passé un haut de soie bleu vif rayé de gris et d'un brun terracotta qui lui rappelait la terre chaude de leurs domaines. Manches longues et encolure haute. La soie suivait la ligne étroite de sa taille. Avec, elle portait un pantalon de costume sévère, gris pâle, évasé sur le bas, et assez court pour dévoiler ses bottes à lacets. C'était une tenue très haute couture, et elle la portait à la perfection.

— Oui. Tu es magnifique.

— Magnifiquement artistique ?

Il rit doucement.

— Magnifiquement artistique, acquiesça-t-il.

Et *lui* avait l'air d'un pingouin dans son stupide costume. Il préférait de loin la panoplie pratique et souple qu'il portait lorsqu'ils étaient chez eux. Il n'avait pas encore appris à se diversifier.

— Comment es-tu devenue mannequin ? dit-il dans l'espoir de lui changer les idées. C'était ce que tu voulais faire quand tu étais petite ?

Elle sembla surprise de sa question.

— Oh… non, je ne me préoccupais pas vraiment de mon apparence quand j'étais plus jeune. Il n'y avait personne pour me voir, de toute façon. Mais j'ai passé des vacances à Melbourne avec ma tante Beth pour mes quinze ans. C'était la première fois que j'entrais dans un de ces grands centres commerciaux… Elle voulait m'acheter du maquillage pour mon anniversaire. Dans la boutique, sous les lumières et les miroirs, tout le monde était beau, et chaque surface brillait de mille feux. Une des maquilleuses venait de finir mon teint et de me faire un *smoky eye.* Une femme en tailleur de luxe est entrée en coup de vent, m'a vue assise, m'a pointée du doigt, et m'a dit : « Toi, tu viens avec moi. » C'était la Fashion Week à Melbourne. Une heure plus tard je marchais sur un podium. Une de leurs mannequins n'était pas venue, et je l'ai remplacée sur le défilé. Ensuite, tout s'est accéléré. Ma tante s'est présentée comme mon imprésario et ma carrière a commencé.

— Tu aimais le métier ?

— J'aimais les vêtements et discuter avec les maquilleuses et les coiffeuses. C'était comme jouer à me déguiser, tu comprends ? Je me reconnaissais à peine, quand elles avaient terminé. Je me souviens que j'aimais aussi comprendre comment tous ces photographes de talent utilisaient la lumière, l'ombre, les réglages, les couleurs et la perspective ; oui, c'est ça qui me plaisait le plus, la photographie. Mais quand j'ai voulu me spécialiser sur le sujet Lawrence était déjà mon agent. Il ne voulait pas que je change de carrière. Il contrôlait toute ma vie. Il venait à chaque séance photo. Je crois qu'il voulait une poupée à habiller, à coiffer, à poser comme il le désirait.

Pendant le procès, il avait entendu le détail de l'agression : il savait que Bridie avait été attaquée et kidnappée, mais que Lawrence n'avait pas abusé d'elle ; malgré cela, il préférait ne pas imaginer ce que ce salaud aurait fait d'elle s'il n'avait pas été arrêté à temps. Il frissonna.

— En tout cas, ça m'a appris à reconnaître le fantasme et le véritable respect. Je ne veux jamais plus être la projection idéale de quelqu'un.

Elle avait croisé les bras. Il soutint son regard.

— Comment as-tu l'intention de gérer ton image publique et de faire barrage aux fous, cette fois-ci ?

— Déjà, j'espérais qu'être fiancée au repris de justice milliardaire le plus dangereux d'Australie me donnerait un coup de pouce, dit-elle, espiègle. Je suis désolée de te mettre dans cette position, mais… Tu as toujours été mon meilleur bouclier.

Et voilà pourquoi il ne pouvait rien se passer entre eux. Bridie ne le voyait pas pour ce qu'il était : un raté, un homme fermé et brisé, si différent du sauveur qu'elle s'évertuait à dépeindre. Elle le considérait toujours comme un héros.

— Tu veux boire quelque chose ? demanda-t-elle en ouvrant le minibar. J'ai besoin de me détendre un peu.

— Une bière.

Elle sortit deux bières pendant qu'il allumait la musique. Elle ne prit qu'une minuscule gorgée ; bien trop peu pour se relaxer. Alors, pour la distraire, il tendit la main.

— Danse avec moi.

Il avait apparemment décidé de se torturer en multipliant les occasions de la tenir dans ses bras sans jamais aller plus loin. Ni lui ni elle ne dansaient bien, mais cela n'avait plus aucune importance lorsqu'ils étaient seuls, dans l'ombre du plus célèbre pont du monde, seulement éclairés par les voiles lumineuses de l'Opera House.

— Ils vont tous adorer ton art, murmura-t-il. Toi, ta tenue d'artiste et ton talent allez les charmer jusqu'à ce qu'ils te supplient d'ouvrir une autre expo.

Quand elle sourit, une petite fossette apparut au creux de sa joue.

— J'espère que tu prédis le futur, monsieur Blake.

— J'en suis certain. Tes photos sont magnifiques.

Ils arrivèrent à la galerie avec seulement dix minutes d'avance. La directrice, Sara, les amadoua avec un verre de vin puis les présenta au reste des employés. Le sol était en béton et les murs peints d'un blanc sévère, sans doute pour que l'attention des visiteurs soit uniquement focalisée sur les œuvres exposées. Judah s'éloigna pour aller regarder les photographies accrochées.

Il en reconnut plusieurs. Bridie les lui avait envoyées en prison au fil des années. Bien sûr, celles-ci étaient beaucoup plus grandes. Deux magnifiques panoramas couraient le long d'un pan de mur, l'un au-dessus de l'autre.

Comme Sara et Bridie parlaient affaires, il se planta devant l'image du gommier rouge qu'il connaissait si bien et entreprit d'examiner les amateurs d'art lorsqu'ils passaient la porte. Bridie le trouverait si elle avait besoin de lui. En attendant, la galerie commençait à se remplir.

Quand un des galeristes lui demanda discrètement s'il désirait acheter la photo du gommier rouge, car un autre visiteur était intéressé, il secoua la tête et se mit à arpenter la salle. Au centre, Bridie faisait une hôtesse parfaite, humble et charismatique, lorsque Sara la présentait à divers invités. Judah les observait à distance lorsque quelqu'un le bouscula.

Il fit volte-face, immédiatement sur le qui-vive. L'inconnue rougit jusqu'à la racine des cheveux, confuse. À première vue, pas de danger, mais il vérifia discrètement que son portefeuille n'avait pas bougé de sa poche.

— Je suis désolée, dit la jeune femme. J'ai… Oh !

Elle écarquilla les yeux.

— C'est vous !

Il fronça les sourcils.

— Nous nous connaissons ?

— Non, oh, non ! Mais vous êtes l'homme de la photo.

D'un geste, elle montra une grande arche menant à une autre pièce de l'exposition.

— Ah…

— C'est une œuvre absolument fascinante.

S'il pouvait passer la soirée sans voir son portrait, il ne s'en porterait que mieux. Il n'avait aucune envie de contempler sa tête sur papier glacé et de prétendre y voir de l'art.

— Mes amis disaient tout à l'heure que vous étiez trop beau pour être vrai, mais vous voilà, en chair et en os.

— Hmm-hmm.

Au secours.

— C'est dommage que la photo soit déjà vendue.

Dieu merci, il avait fait les démarches avant l'ouverture. Il embrassa la pièce d'un regard pour localiser les étiquettes rouges sous les photographies. Trois ventes sur neuf dans cette salle-ci, et ils n'étaient arrivés que depuis une demi-heure. Il était temps de mettre la main à la pâte.

Il s'excusa auprès de l'inconnue et trouva un galeriste.

— Comment puis-je vous aider, monsieur ?

— J'aimerais acheter les deux panoramas.

— Mais bien sûr, dit le jeune homme.

Quelques secondes plus tard, les deux œuvres avaient été dûment étiquetées.

— Comment dois-je payer ?

— Vous ne payez pas. Selon les instructions de Mlle Starr, toutes ces œuvres sont à vous si vous les désirez.

Judah se renfrogna. C'était hors de question !

— Vous savez qui je suis ? demanda-t-il en dominant le galeriste de toute sa taille.

L'homme resta parfaitement impassible. Judah hésitait entre l'agacement et l'admiration.

— Bien sûr, monsieur Blake. J'obéis aux ordres de Mlle Starr. Elle a déjà eu l'accord de la direction.

— Vous avez mal compris ma demande. Je ne veux pas acheter ces panoramas pour moi, mais au nom de Sirius Corp. De ce fait, l'injonction de Mlle Starr ne s'applique pas.

Sirius Corp était la société qu'il avait formée avec Reid et Bridie pour monter les chalets écologiques.

— S'il y a un troisième panorama, je le veux également.

Le galeriste lui sourit.

— Il y a un troisième panorama dans l'autre pièce, et en effet, si vous les achetez pour une autre entité, la démarche est différente. Laissez-moi juste une minute pour aller chercher l'acte de vente.

L'argent… Sa famille avait toujours été riche, mais jamais Judah n'avait été plus conscient que tout privilège pouvait être vendu au plus offrant.

Il avala un amuse-bouche et se dirigea vers la grande arche pour découvrir le reste de l'exposition. Les paysages de Bridie agrandissaient la pièce, chacun d'entre eux un sublime fragment de l'Outback. Il ne vit pas immédiatement *sa* photo ; pas avant de dépasser la cloison flottante au centre de la pièce. Il se figea, le cœur battant à tout rompre.

L'image s'étalait sur la moitié de l'immense pan de mur. Il avait presque l'impression d'être de retour sur la lande, de sentir la tempête battre ses épaules. Bridie n'avait pas menti : on ne voyait pas son visage, mais tous ses membres semblaient crier un défi à la nature, prêts à prendre l'orage à bras-le-corps. Il avait l'air brut, primitif, entièrement offert à la violence de l'instant.

Était-ce cet homme que les autres détenus avaient regardé avec appréhension, lorsqu'une rixe s'apprêtait à éclater ?

— C'est puissant, n'est-ce pas ?

C'était la directrice de la galerie, dont il avait oublié le nom.

— Va-t-elle me laisser l'acheter ?

— L'acheter ? Non. Comme je vous l'ai dit au téléphone, la photo n'est pas à vendre. Mais elle est à vous. Personne d'autre ne la prendra. Avez-vous vu la deuxième ?

— La *deuxième* ?

— Tournez-vous.

Il pivota. La seconde photo lui fit l'effet d'un uppercut. Bridie et lui dansant sous la pluie…

Toute sa férocité guerrière semblait s'être muée en joie pure et juvénile. Main dans la main, Bridie et lui avaient l'air heureux et libres. Sa joie était d'une pureté insoutenable : il ne pouvait pas supporter de se regarder ainsi, de peur qu'on ne lui arrache ce sentiment pour toujours.

Il détestait, *détestait* cette photo.

Et il ne parvenait pas à détourner les yeux du cliché.

Ni de Bridie, sublime et incandescente, offerte à la tempête et à lui, partageant sa joie *avec* lui. Quelques secondes plus tard, elle lui avait offert sa bouche, son corps et les caresses de ses mains glissantes de pluie ; il pouvait encore sentir sa fièvre, sa saveur. Le souvenir brûlait en lui alors qu'il restait planté dans la galerie, les yeux fixés sur le cadre. Le monde entier s'était effacé. Il avait l'impression d'être nu, si vulnérable qu'un rien l'aurait brisé.

Il voulait faire disparaître cette photo à tout prix.

— Décrochez-la.

— Monsieur Blake… Puis-je vous appeler Judah ?

— Non.

— *Monsieur Blake,* je n'ai pas l'intention de faire venir

mes ouvriers et de décrocher cette photo ce soir. Nous pourrons en reparler demain.

— Reparler de quoi ? s'enquit Bridie.

Il avait été si obnubilé par la photo qu'il n'avait pas entendu Bridie approcher. Elle avait posé la question d'une voix légère, mais l'anxiété brillait dans le regard qu'elle avait levé sur lui.

— Tu m'avais dit qu'il y aurait une photo de moi dans l'exposition. Tu n'as pas mentionné qu'il y aurait une photo de *nous*.

— Je pensais…

— Tu as eu tort. Je n'ai pas donné ma permission pour que cette photo soit exposée ! s'écria-t-il sans parvenir à garder le contrôle de sa voix montante. Je n'ai pas donné ma permission, c'est compris ?

— Monsieur Blake…

Il se tourna vers la directrice de la galerie, le visage fermé, et asséna d'un ton sans appel :

— Voici vos options : couvrez la photo ou décrochez-la.

— Judah…

— *Bridie.*

Un seul mot. Un avertissement. Il inspira profondément.

— J'aime à penser que je suis un homme raisonnable. Je vous propose une solution très simple. Je m'attends à ce que vous la respectiez.

La mâchoire de Bridie se crispa : elle s'apprêtait à monter au front.

— C'est de la poussière et de la pluie et la vie et la transformation. C'est la joie à l'état pur. C'est la plus belle photo de l'exposition.

— C'est *personnel.*

Ne voyait-elle pas combien il semblait fragile ? Ne comprenait-elle pas l'intimité de cet instant de renaissance et de renouveau ? Il était revenu sur sa terre, dans son foyer, là où il était né. Il avait baissé la garde, juste un moment ;

il l'avait laissée – elle, juste elle – voir ses faiblesses. Cet instant ne pouvait pas être exposé.

— Je ne peux être moi, vraiment moi, à aucun autre endroit sur terre. Et tu veux partager ça avec des inconnus ?

Il ne pouvait pas l'accepter. Elle lui en demandait trop.

Entre eux, la tension crépitait comme la plaine avant l'orage. La directrice s'empressa de coller une vignette rouge près du grand portrait.

— Monsieur Blake, Bridie, croyez-moi, je suis férue de scandales médiatiques, mais je vous recommande d'oublier ce différend pour le moment. Je ferai retirer la photo demain en expliquant que l'acheteur a demandé à ne plus l'exposer. Cette œuvre ne fait pas partie de la campagne publicitaire et elle n'est pas cataloguée en ligne. Une nuit d'exposition, et elle aura disparu. En revanche, si vous la couvrez ce soir et attirez l'attention des curieux, elle sera partagée sur les réseaux plus vite que l'éclair.

Rien de plus agaçant qu'un argument raisonnable. Il croisa les bras, mais resta muet.

— Parfait, reprit Sara avec un sourire. Je considère ça comme un oui. Prenons un verre, d'accord ?

— D'accord, dit Bridie.

Son visage était pâle sous son blush léger. Il frissonna. Lui avait-il fait *peur* ?

— Judah…

La directrice les avait quittés ; Bridie s'était tournée vers lui et avait posé une main sur son bras.

— Je suis désolée. Je n'ai pas pensé aux implications de notre photo. J'aurais dû te la décrire plus clairement.

Ne prends pas de décisions hâtives. Ne réagis pas à l'instinct. Donne-toi le temps de t'habituer à ta nouvelle vie. Encore une fois il n'avait pas obéi à ses préceptes, et une fois encore Bridie en avait payé le prix.

— C'est moi qui suis désolé, murmura-t-il. Je ne suis pas un héros, Bridie. Je ne veux pas être exhibé ainsi.

Elle jeta un coup d'œil au portrait et secoua la tête.

— J'aimerais pouvoir voir ce que tu vois dans cette photo. Pour moi, c'est tout ce que je ressens pour notre terre, c'est tout le bonheur d'être. C'est beau, vraiment, *purement* beau. Et tu es beau comme ça, toi aussi. Tu es libre.

— Tu en as d'autres ? Des clichés de ce jour-là ?

Elle inspira profondément.

— Beaucoup. L'appareil a pris une photo toutes les trente secondes. Tu peux en faire ce que tu veux. Venir les voir, les garder, les détruire.

Ses grands yeux le suppliaient de la comprendre.

— Je t'ai demandé ta permission, Judah. Tu savais que tu étais dans le cadre. Et je sais que certaines d'entre elles sont trop personnelles et je ne les montrerai jamais à personne. Je ne pensais pas que celle-ci allait trop loin pour toi. Je voulais te la montrer dans l'avion… J'aurais dû insister.

Elle avait raison. Hâtif. Impulsif. Il avait donné sa permission sans vérifier ce qu'il venait d'accepter, et c'était sa responsabilité.

— Non, c'est ma faute. Je…

Sara lui épargna le reste de leur conversation en réapparaissant auprès d'eux avec un plateau argenté et trois verres de whisky.

— Et voilà ! Toutes les œuvres sauf une sont vendues, et la soirée n'est même pas terminée. Il faut fêter ça.

— Toutes ? répéta Bridie, éberluée.

Sara leva son verre.

— À un nouveau talent remarquable !

Bridie leva son verre à son tour, le visage illuminé de surprise et de bonheur. Elle était si belle, et pourtant – pas aussi belle que… Judah vola un regard à la photo sur le mur, où Bridie dansait contre la tempête.

— Bridie, ma chérie, on me demande déjà si tu prends des commissions, disait Sara. Viens, je vais te présenter un couple de collectionneurs ; ils veulent absolument te parler. Je peux vous l'enlever, monsieur Blake ?

— Vous pouvez.

— Ne pars pas sans moi ! lança Bridie.

Comment pouvait-elle encore le vouloir auprès d'elle après cette débâcle ? Il secoua la tête.

— Je ne partirai pas sans toi. Je vais juste prendre l'air. Envoie-moi un message quand tu veux que je revienne à l'intérieur, d'accord ?

Elle acquiesça mais, au lieu de suivre immédiatement Sara, elle se redressa pour murmurer à son oreille :

— Je suis sincèrement désolée que tu n'aimes pas les photos mais, je t'en prie, regarde-les une dernière fois. Ta silhouette face à la tempête est magnifique. *Tu* es magnifique. Ta force est palpable. Et, dans notre portrait, tu n'as pas l'air faible. Ton image est tout aussi puissante. C'est ce que je veux pour toi. C'est ce que j'aime montrer, même si c'est juste entre nous. Toutes les facettes de ton essence. Ton bonheur et ta joie. Tu les mérites.

7.

Bridie avait du mal à savourer le succès de l'exposition lorsque l'homme qui marchait à côté d'elle était si tendu. Elle aurait dû se contenter de photographier des paysages, ou au moins forcer Judah à regarder les photos qu'elle avait choisies avant de les exposer. Elle n'avait pas voulu le blesser ; il n'avait sans doute pas voulu la blesser non plus, mais la véhémence de sa réaction lui avait fait l'effet d'un coup de poignard. Ce portrait lui tenait à cœur.

Leur amitié bourgeonnante vacillait déjà, et elle ne savait absolument pas comment la sauver.

— Tu ne rentres pas ? demanda-t-elle en arrivant dans le hall de l'hôtel.

— Pas tout de suite. J'ai besoin de marcher un peu.

— Tu veux un peu de compagnie ?

Elle n'y croyait pas vraiment, puisque le langage corporel de Judah criait tout entier son désir de solitude, mais il baissa les yeux sur ses bottes à talons et répondit :

— Avec ces chaussures ?

— J'ai des baskets dans la suite.

Il haussa les épaules, mais il l'accompagna jusqu'à leur chambre sans dire un mot – pour un homme comme Judah, cela valait aussi bien un acquiescement. Dans le salon, sur la petite table, une bouteille de champagne et un panier de fruits les attendaient, assortis d'une carte de félicitations.

— C'est la galerie, murmura-t-elle. Attends-moi là, je vais chercher mes chaussures.

— Pas la peine.

— Oh ! murmura Bridie, un peu déconfite.

— Non, j'ai juste un coup de barre. Maintenant qu'on est là, autant célébrer ton succès, non ?

Il attrapa la bouteille et fit sauter le bouchon.

— Félicitations, Bridie. Tu as réussi. Tu as vendu toutes tes photos.

Elle cligna des yeux, perplexe. Judah avait le chic pour la surprendre à tous les détours.

— Et je t'ai blessé par la même occasion.

— J'ai été injuste. J'ai réagi trop violemment.

Il leva les yeux vers elle. Il versa le champagne dans une flûte avant de la lui tendre.

— Tu sais pourquoi tu réagis comme ça ?

Le silence s'étira longtemps avant qu'il ne réponde :

— Je n'aime pas me sentir vulnérable. En prison…

Il posa sa flûte, les yeux plantés dans les siens.

— En prison, c'est comme ça que tu survis. Tu essayes de devenir aussi insensible que tu le peux. Tu te refermes. Rien ne peut t'atteindre. Ni la peur, ni la colère, ni la joie. Rien. Les émotions restent privées, cachées, verrouillées. Mais, maintenant que je suis dehors, les miennes m'échappent et je ne sais pas quoi faire d'elles. Je me sens exposé. En danger. Je suis sur la défensive quand j'ai l'impression d'être pris au piège. J'ai perdu le contrôle de moi-même.

Elle secoua la tête.

— Tu vas le retrouver, Judah. Tu es honnête avec toi-même, et tu cherches sincèrement à reprendre l'équilibre. Tes réactions ne sont pas des faiblesses, et elles ne sont pas permanentes. Au contraire. Tu es une inspiration.

— Arrête. Tu ne peux pas continuer à me surestimer.

— Je sais ce que je dis, c'est tout.

— Je suis désolé, Bridie. De m'être comporté de cette façon, ce soir. Tu mérites mieux.

— Merci. J'accepte tes excuses.

Il était si sévère envers lui-même… Elle lui offrit un sourire hésitant en guise de rameau d'olivier.

— S'il te plaît, Judah. Est-ce qu'on ne peut pas passer une bonne soirée, ensemble ? Se détendre ? Mettre un peu de musique, sortir sur la terrasse, fêter le vernissage comme il se doit ? Si tu veux, tu peux regarder la mer en boudant. En attendant, je danserai sous les étoiles comme si personne ne pouvait me voir.

— Je te vois.

Elle détourna le regard la première, soudain timide, mais heureuse de sentir ses yeux sur elle. Il pouvait la contempler autant qu'il le désirait.

— Tu me regardes aussi, ajouta-t-il. Je ne sais pas si j'ai le droit de poser cette question, mais… as-tu déjà eu des amants, Bridie ?

Elle secoua la tête. Pourquoi ne serait-elle pas honnête ?

— La question ne me dérange pas. Non, je n'ai jamais été avec qui que ce soit. Pas parce que j'attendais que tu reviennes, soyons clairs. Je veux dire, tu étais plus vieux que moi, et j'avais peut-être un petit faible pour toi quand j'étais ado, mais je n'étais pas amoureuse. Je t'admirais simplement de loin, parce que tu étais grand, beau et plus mature.

Il sourit et secoua la tête. C'était un encouragement comme un autre ; elle ouvrit la baie vitrée pour sortir sur la terrasse. Une fois qu'il l'eut suivie dans l'air frais du soir, elle reprit :

— Quand tu es parti en prison, tu m'as manqué immédiatement, mais ce n'était pas romantique, et ce n'était pas un fantasme. Simplement, tu fais partie de mon monde. Je voulais que tu y reviennes. C'était ta place ; elle te revenait de droit. Et bien sûr je me sentais coupable.

— Tu n'étais qu'une enfant et tu avais besoin qu'on te défende, murmura-t-il. Je ne t'en ai jamais voulu pour ce qui s'est passé. Jamais.

Un fardeau dont elle avait oublié le poids s'évapora soudain. Elle était si heureuse d'entendre ces mots. Elle ne s'était pas sentie aussi légère depuis des années. Elle déglutit, la gorge nouée de larmes.

— Vraiment ?

— Bien sûr. C'est la faute de Lawrence, et de personne d'autre. Ni toi, ni ton père, ni ta tante. Tu ne leur en veux pas, n'est-ce pas ?

— Non.

— Bien. Alors arrête de te sentir coupable pour ce qui m'est arrivé et n'attends plus mon pardon. Personne ne m'a obligé à faire quoi que ce soit. Il n'y a rien à pardonner.

— Merci, Judah. Je te suis reconnaissante.

— Ne le sois pas, rétorqua-t-il d'un ton sans appel. Ta reconnaissance me fait douter de ton attitude envers moi. J'ai l'impression que tu tolérerais n'importe quoi parce que tu penses me devoir quelque chose.

— Je te serai toujours reconnaissante de m'avoir sauvée. Mais je m'améliore, tu sais ? Je fais de mon mieux pour ne plus te regarder comme un super-héros.

Il rit, un son ouvert, honnête et pur qu'elle chérit en silence.

— C'est déjà pas mal.

— Tu crois qu'on pourrait recommencer à zéro, toi et moi ? Ignorer le passé. Oublier la débâcle de ce soir ?

— On peut essayer.

Elle se redressa pour lui tendre la main.

— Bonjour. Je m'appelle Bridie. Je ne suis pas très à l'aise avec les inconnus et je n'ai jamais invité personne dans mon lit, mais tu me donnes envie de m'y mettre.

Il rit de nouveau.

— Tu ne peux pas commencer comme ça !

Mais il avait pris sa main dans la sienne et le contact chaud de sa paume lui coupa le souffle.

— Je m'appelle Judah, dit-il en se prenant au jeu. J'adorerais te suivre dans ton lit, mais je ne me maîtrise pas assez pour prendre le risque. Je ne peux pas te promettre de faire de ta première fois ce qu'une première fois devrait être. Je suis trop… affamé.

— D'être touché ?

Il n'avait pas lâché sa main.

— De toi.

— Tu pourrais peut-être me passer un coup de fil quand ton self-control sera de retour ?

— Promis.

— Est-ce que tu veux danser avec moi ? murmura-t-elle.

Il glissa ses doigts entre les siens et la guida au centre de la terrasse. Elle ferma les yeux pour mieux le sentir lorsqu'il l'attira dans ses bras. Ses cuisses puissantes effleurèrent les siennes, et la chaleur de sa paume se lova au creux de ses reins. Elle était toute proche, maintenant. Elle abandonna sa main, presque à regret, pour glisser les bras autour de sa nuque. Ils se balancèrent au son d'une musique imaginaire, doucement, intimement. Elle sourit de cet instant d'innocence.

Son souffle chaud frôlait ses lèvres. Elle leva les yeux vers lui. Il était si proche qu'elle pouvait voir l'épaisseur de ses longs cils sombres et l'infime froncement de ses sourcils, au-dessus de son regard méfiant et interrogateur.

— Quand je dis que je ne me contrôle pas…

— Si c'est un baiser que tu veux, n'hésite pas.

De nouveau, un sourire amusé éclaira le visage de Judah.

— Bridie…

Leurs bouches se frôlèrent en un baiser d'une douceur presque impalpable.

— Tu sais, dit-elle, les yeux dans les siens, si tu veux

que nous continuions cette soirée dans ma chambre, je peux toujours t'attacher. Tu as plusieurs cravates ?

— Tu veux passer de vierge à dominatrice sans transition ? répliqua-t-il avec un sourire.

Il plaisantait, mais ses yeux brûlaient et sa poigne s'était crispée sur ses hanches.

— Je te rappelle que nous venons à peine de nous rencontrer.

— J'ai l'impression de te connaître depuis toujours, répondit-elle du tac au tac. Alors, qu'est-ce que tu en dis ? Je prendrai soin de te demander ce que tu veux régulièrement. Je ne veux pas te dominer. Au contraire, tu pourrais me donner des directives.

Il poussa un grognement… Mais le son était loin d'être désapprobateur. Il ferma les yeux un instant.

— Vas-y.

— Quoi ?

— Déshabille-moi, attache-moi et utilise-moi. Montre-moi de quoi tu es capable.

Le défi avait été prononcé d'une voix rauque, et le cœur de Bridie trébucha.

— D'accord.

— D'accord.

Il l'embrassa de nouveau, avec ferveur cette fois ; avec une passion nourrie d'anticipation. Son sang chantait dans ses veines. Elle n'avait plus le temps d'hésiter. Plus le temps d'écouter ses complexes, ses angoisses. Elle était Bridie ; Bridie Starr de Devil's Kiss. Elle avait grandi dans l'Outback ; son monde avait fait d'elle une femme courageuse et résiliente, même si elle avait eu besoin d'années entières pour revenir d'entre les ombres. Elle pouvait relever le défi de Judah. Elle pouvait déboutonner sa chemise blanche. Et après ça…

Elle inspira profondément. Il sentait si bon qu'elle ne put résister à la tentation d'enfouir le visage dans le creux de son cou, où l'épice de son eau de Cologne se mêlait au parfum de sa peau. Elle embrassa sa gorge, à l'endroit délicat juste sous son oreille, et le sentit frémir. Il n'attendit pas qu'elle s'attarde ; il l'entraîna vers la chambre d'un pas enthousiaste. Elle aurait pu y trouver à redire, mais le suivre lui offrait une vue imprenable sur ses fesses sublimes et son dos large.

Dans sa valise, il trouva deux cravates et les lui tendit avec une expression de défi. Elle rit malicieusement et les passa autour de sa propre nuque comme une écharpe. Elle les utiliserait bientôt, promis. Mais d'abord elle avait un homme à déshabiller.

La patience de Bridie allait le tuer. Lentement, sûrement, aussi inévitable qu'un crépuscule, elle attisait le brasier infernal qui crépitait sous sa chair. Elle termina de déboutonner sa chemise et le frôlement de ses phalanges suffit à faire rugir son cœur, son corps. Elle pressa les lèvres sur sa poitrine, sur sa gorge, puis leva le visage.

— Comment je m'en sors ?

— Pas mal…

— Les compliments ne sont vraiment pas ton fort…

Ses mains continuaient d'explorer son torse et ses yeux brillaient d'humour et de tendresse. Pour se rattraper, il murmura :

— D'accord. Tu t'en sors plutôt bien.

— C'est trop d'honneur. Je peux t'embrasser ?

Ses lèvres étaient si proches qu'elles frôlaient les siennes.

— Oui.

Le baiser de Bridie commença lentement, langoureusement, et il y répondit avec ardeur. Il voulait lui montrer comment en savourer tout le plaisir ; mais, lorsqu'il rompit le baiser, Bridie avait ouvert son pantalon et c'était lui qui laissait échapper un gémissement de capitulation et de pur désir.

— Tu es sûr que tu veux être attaché ?

Il recula, non pas pour prendre ses distances, mais pour

retirer son caleçon. Elle écarquilla les yeux en le voyant enfin nu.

— Oh. Oh… Euh, je…

L'embarras lui allait à ravir. Il retint un sourire.

— Tu es *sûr* que ça passe ?

— Absolument.

— Bien sûr. Oui. Pardon. Question idiote. Alors, hum, allonge-toi sur le lit et lève les bras. Attrape les barreaux de la tête de lit, et je… oh, mon Dieu ! Tu as beaucoup de masse musculaire, tu sais ? Tu crois que la tête de lit va tenir ?

Il serra les poings autour des barreaux et leur administra une petite secousse. Ils étaient creux.

— Je les remplacerai s'ils lâchent.

— Très rassurant…

— Attache-moi, Bridie.

Maintenant. Avant que le besoin qu'il avait d'elle n'ait raison de lui. Avant qu'il n'oublie d'être prudent, d'être patient. Était-il même capable d'être patient ? Ces jours-ci, il ne se connaissait que deux humeurs : indifférent ou destructeur. Toute nuance l'avait abandonné en prison, il y avait bien longtemps.

Elle le chevaucha pour l'attacher, mais ne s'appuya pas sur lui, les fesses à quelques centimètres au-dessus de son torse. Il attrapa ses hanches et l'attira à lui d'un mouvement souple pour l'asseoir à même sa peau. La soie glissante de sa culotte l'électrisa tout entier. Il avait besoin, *besoin* d'elle. Besoin de lui retirer ses sous-vêtements et de plonger en elle immédiatement.

— Certainement pas, protesta-t-elle en attrapant sa main et en riant.

Elle releva son bras jusqu'à la tête de lit et fit glisser une des cravates autour de son poignet.

— Je te prierai de coopérer, ajouta-t-elle.

Il hocha la tête avant d'enfouir le visage contre la douceur de son ventre, enivré par l'odeur de sa peau.

— Je coopère, murmura-t-il d'une voix éraillée.

Elle attacha son autre main et lui sourit lorsqu'elle recula légèrement, toujours assise sur lui, les paumes à plat sur sa poitrine.

— Mets-toi à l'aise, dit-il.

Plutôt que de s'allonger sur lui, elle se redressa et descendit du lit. Il retint à grand-peine un gémissement en sentant son poids l'abandonner mais, Dieu merci, ce n'était que pour retirer son haut.

— Ou ça, acquiesça-t-il. Oui, ça, c'est très bien.

La dentelle champagne de son soutien-gorge apparut, une vision tout droit sortie d'un fantasme. Pendant un instant, il crut qu'elle allait se déshabiller entièrement, mais elle changea d'avis à la dernière seconde et resta debout devant lui, seulement vêtue de sa sublime lingerie. Elle n'était que longues lignes et courbes délicates, et il en voulait plus, toujours plus. Il voulait la voir, la toucher, la posséder.

Elle s'agenouilla au bord du lit, tout près de lui, pour le dévorer du regard.

— Est-ce que je peux te toucher ?

Le plus vite possible, de préférence.

— Oui.

Elle commença par ses mains, une exploration minutieuse et lente, jusqu'à ce qu'elle atteigne le relief de ses abdominaux crispés. Dans le sillage de ses caresses, la chair de poule hérissait sa peau. Il ferma les yeux avec un soupir.

— Tout va bien ?

— Ne t'arrête pas.

Ne t'arrête jamais, jamais.

Les yeux clos, il ne s'attendait pas à la sensation de sa langue sur son membre dressé. Il retint son souffle lorsqu'elle le lécha une fois, hésitante. Il aurait dû demander que ses chevilles soient attachées aussi. Il avait envie de ruer contre le matelas ; il aurait tout donné pour que la bouche de Bridie se referme sur lui. Il crispa les poings autour des barreaux et retint un coup de reins désespéré. Bridie menait la danse. Elle pouvait choisir son rythme. Elle s'abaissa de nouveau sur lui, Dieu merci, et lorsqu'elle termina d'explorer son érection des mains et de la langue la dignité de Judah n'était plus qu'un lointain souvenir ; les sons qui lui échappaient étaient plus sauvages qu'humains.

— Je reviens, promit-elle. Je n'ai pas de protection, mais il y a des préservatifs dans la salle de bains.

Il hocha la tête. Ces quelques secondes de solitude lui permirent de retrouver quelques vestiges de son self-control.

— Me voilà, lança-t-elle, revenant dans la pièce en secouant les sachets colorés comme un éventail.

— Déroules-en un sur moi. Assieds-toi sur moi, et penche-toi vers moi.

Elle haussa les sourcils. Il soutint son regard. Suivrait-elle ses instructions, malgré leurs positions ?

Oui. Elle lui obéit, et il soupira de soulagement en sentant son poids sur lui. Il tenta de rester doux et patient alors qu'il suivait les contours de son soutien-gorge de ses lèvres. Il mordilla un téton durci à travers la dentelle, puis le suça doucement et la sentit gémir sous sa bouche.

— Continue, dit-elle en pressant son sein contre lui.

Oh ! il voulait continuer toute la nuit. Il aurait voulu descendre plus bas, mais elle voulait plus de baisers, et il était à son service.

Puis, enfin, enfin, elle retira sa culotte et reprit sa place, à califourchon sur lui, ses cuisses ouvertes autour de son sexe douloureux de désir. Il était à deux doigts de perdre la tête. Il enfonça les talons dans le matelas et rua en retour.

Il pouvait attendre. Il voulait attendre.

— Comme ça, oui, murmura-t-il en la sentant coulisser sur lui. Balance-toi un peu.

Il donna le rythme, un frottement lent et cadencé, pour

l'aider à trouver sa position. Il était déjà fou, fou de convoitise et de plaisir, alors que leurs bouches se faisaient plus avides et qu'une fièvre indicible rugissait dans ses veines. Attaché, nu, souffrant de n'être pas encore perdu en elle, affamé du plus infime fragment d'elle, il tirait sur ses liens en lui rendant chaque baiser au centuple. C'était si bon. Meilleur que tout ce qu'il avait jamais connu.

Puis elle changea l'angle de ses hanches et il s'inséra légèrement en elle. Oh ! il en aurait hurlé de plaisir.

Elle sourit, taquine, tout près de sa bouche, et recommença ; elle ferma la main sur lui pour tester sa longueur, et il s'immobilisa sur un coup de reins avorté, les dents serrées, la gorge nouée, si proche de l'orgasme qu'il se sentait prêt à se consumer pour elle.

Si ses mains avaient été libres… Mais il était toujours à sa merci, délicieusement à sa merci.

— Utilise-moi comme tu le souhaites, Bridie. Pitié.

— Je… C'est…, murmura-t-elle en le palpant.

— Parfait ? proposa-t-il, amusé par son hésitation.

— Impressionnant.

Peut-être que sa bouche sur ses seins l'aiderait. Cette fois, il n'y mit pas autant de douceur ; il attira son téton entre ses dents, elle l'accueillit plus profondément en elle, et il se fit violence pour ne pas prendre d'un coup de reins ce qu'elle voulait tant lui offrir.

Mais ce n'était pas suffisant. Elle avait mal alors qu'il ne voulait que lui apporter du plaisir. Il jura entre ses dents et la supplia de le détacher pour qu'il puisse enfin prendre soin d'elle à son tour, mais elle secoua la tête. Il accéléra le rythme et l'accompagna, plus souple. Elle haletait au-dessus de lui et rompit leurs baisers pour reprendre son souffle. Il jouit lorsqu'elle enfonça les ongles dans sa poitrine ; il ne pouvait rien faire d'autre que se tendre sous elle, emporté par la volupté, les poings toujours serrés ; ainsi attaché, il ne pouvait ni la serrer dans ses bras ni caresser son visage.

Elle ne le détacha que lorsqu'il se détendit en elle.

— Tu as tordu la tête de lit, dit-elle.

Mais il l'entendit à peine ; aussitôt libre, il bondit sur elle et la fit rouler sur le dos pour poser la bouche entre ses cuisses, affamé et navré de s'être laissé aller au plaisir avant d'avoir satisfait le sien.

De la langue, des doigts, il entreprit de la rendre aussi folle qu'elle l'avait rendu fou, quelques secondes auparavant. Ses inhibitions l'avaient abandonné ; il était entièrement focalisé sur le rythme régulier et effréné auquel il voulait la soumettre. Il était au service de sa jouissance. Une satisfaction sauvage le submergea lorsqu'il sentit les doigts de Bridie s'agripper à ses cheveux. Il glissa les mains sous ses fesses pour la retenir contre lui. Il aurait pu rester là pour l'éternité.

Elle jouit sur sa langue quelques secondes plus tard, enchanteresse de passion et de plaisir. Lui qui n'avait pas tenu quiconque dans ses bras depuis des années, lui qui n'avait pas été enlacé depuis des années, il la laissa le ramener lentement sur le lit et le serrer contre son cœur.

— Tout va bien ? murmura-t-elle avant d'embrasser les traces d'irritation à ses poignets.

Il aurait pu se briser en morceaux, à cet instant. Il ne méritait pas tant de tendresse.

— Ce n'est rien. Comment vas-tu ?

Elle se lova contre lui, le visage contre son épaule, aussi naturellement que si elle y avait toujours eu sa place.

— Parfaitement, murmura-t-elle, déjà au bord du sommeil.

Elle était si facile à satisfaire… Elle le voulait, lui, ses démons y compris. Ça comptait pour quelque chose, n'est-ce pas ?

8.

Bridie se réveilla le lendemain matin pelotonnée contre un corps chaud et endormi. Judah s'était tourné vers elle pendant la nuit, et sa poitrine se soulevait doucement au rythme de son souffle. Elle roula au creux de ses bras et laissa voguer son regard vers l'immense baie vitrée, où le ciel se colorait de lumière.

Elle était si bien, ici, sa peau contre celle de Judah…

Mais elle craignait la conversation qui suivrait leurs ébats. Elle était percluse, mais les courbatures étaient bienvenues ; elle craignait plutôt les tensions que la lumière du jour charrierait avec elle. Comment Judah la traiterait-il, ce matin ?

Elle, personnellement, n'avait aucune réclamation. Ou si, une seule : elle était convaincue que Judah n'avait pas besoin d'être attaché pour se « contrôler ». Il n'avait pas été violent avec elle. Et, lorsqu'elle l'avait enfin libéré, son ardeur passionnée l'avait immédiatement envoyée au septième ciel.

Il n'avait pas quitté leur lit, cette nuit. Il n'avait pas eu besoin d'aller marcher ou de dormir sous les étoiles. Il était resté, alors peut-être ne prendrait-il pas la fuite. Son désir pour lui n'avait fait que s'accroître ; son corps était déjà prêt pour lui, humide et…

Oh non. Elle glissa une main précautionneuse entre ses cuisses puis jeta un coup d'œil à ses doigts mouillés.

Mouillés et écarlates. Vite, elle avait besoin d'une douche, avant que Judah ne se réveille et décrète qu'il l'avait brisée d'un coup de reins.

Elle bondit et courut à la salle de bains. Sous le jet, elle nettoya les dernières traces de leurs ébats, puis savoura le jet brûlant de la douche italienne. Parviendrait-elle à retourner discrètement dans leur lit sans attirer l'attention de Judah ? Non, elle préféra s'habiller et commander leur petit déjeuner auprès du *room service.* Le concierge venait de partir, après avoir installé des montagnes de nourriture et deux cafés fumants, lorsque Judah apparut à l'entrée du salon.

— J'ai commandé pour nous deux. J'espère que ça ne te dérange pas.

— Ça ne me dérange pas.

Il approcha, le corps tendu, le visage fermé ; prêt à l'offensive.

— Tu es partie, ce matin.

— La salle de bains m'appelait… avec insistance.

— Et tu n'es pas revenue.

— J'avais l'intention de te préparer un plateau pour te réveiller avec l'odeur du café, fit-elle en souriant.

— Je t'ai fait mal ? Hier ?

Et voilà… il entrait immédiatement dans le vif du sujet.

— Pas du tout, non. Mais je suis un peu triste d'avoir perdu tant d'années sans sexe. C'était extraordinaire, Judah.

À sa grande surprise (et son immense plaisir), les pommettes de Judah rosirent délicatement.

— Oh ! vraiment ?

— Absolument exceptionnel. Où sont donc mes bonnes manières ? Merci beaucoup pour cette première leçon. Mais je suis sûre que j'ai encore beaucoup à apprendre… ?

Il se contenta de soutenir son regard et d'arquer un sourcil. Elle reprit, déterminée à ne pas se laisser intimider.

— Tu m'as mise très à l'aise. Tu pourrais m'en apprendre plus. Tu pourrais utiliser tes mains, cette fois.

Était-ce une étincelle d'amusement qu'elle avait aperçue dans ses yeux orageux ? Difficile à dire. Il avait retrouvé son masque impassible en une fraction de seconde.

— Tu as des regrets ? soupira-t-elle.

— Pas toi ?

— Aucun. Je n'ai pas été assez claire ?

— Tu es dans une chambre d'hôtel avec un homme qui a exigé que tu l'attaches avant de te faire l'amour. Je me demande bien pourquoi tu n'as pas encore pris tes jambes à ton cou.

— Parce que c'est toi. Tu avais une bonne raison de me demander ça. Et je te fais confiance.

Son aveu n'eut pas l'effet escompté. Judah semblait seulement gêné. Elle secoua la tête.

— Ne t'inquiète pas pour moi. Si ce n'était pas aussi bon pour toi que pour moi et si tu ne veux pas réitérer l'expérience, je comprends très bien. Je préfère le savoir, d'accord ?

Comme il ne disait toujours rien, elle secoua la tête et embrassa la table d'un geste large. D'un ton enjoué, dans l'espoir de ne pas fondre en larmes comme une gamine déçue, elle s'exclama :

— Mais vas-y, sers-toi ! J'ai commandé le petit déjeuner continental. Il y a des champignons, de l'omelette, du bacon, des fruits, du yaourt, et tout ce qu'on ne trouve pas dans l'Outback.

Au moins, sur ce point, il ne se faisait pas prier. Il engloutit une montagne de nourriture pendant qu'elle picorait vaguement. En la voyant l'observer avec fascination, il s'arrêta net. Elle détourna aussitôt le regard, mais il était trop tard. Il reposa brutalement ses couverts et repoussa son assiette. Elle déglutit. Que pouvait-elle bien dire ?

— On doit quitter l'hôtel à midi.

Leur avion ne décollait qu'à 17 heures. Ils avaient encore plusieurs heures à se regarder en chiens de faïence.

— Tu dois repasser à la galerie avant de partir ?

— Oui, au moins pour récupérer la photographie que tu ne veux pas laisser à l'exposition. Tu pourras l'emporter chez toi, si tu la veux. Ou me la laisser. Comme tu préfères.

Le silence s'étira de nouveau.

— J'aimerais bien passer par la boutique d'opales et le magasin de boutons, si on a le temps, reprit-elle.

— Parce que tu as besoin de boutons ?

— Non, juste par curiosité. Tu veux venir ?

— Non.

Évidemment. Il était peut-être assis en face d'elle, si près qu'elle pouvait le toucher en tendant la main, mais chaque parole, chaque silence, chaque regard exprimait la distance qui les séparait. La distance qu'il voulait maintenir. Son corps l'avait trahi la veille, et aujourd'hui il semblait vouloir reprendre le contrôle. Il avait l'air plus punitif que jamais.

— Tu es très froid ce matin, Judah. Je ne sais pas ce que j'espérais, mais… Je peux te faire un câlin ?

Il accueillit la question avec un visage parfaitement impassible. Elle se prépara à sauter l'obstacle. Sa détermination avait été récompensée, quelques heures auparavant. Pourquoi pas maintenant ?

— Je peux t'embrasser ? reprit-elle.

Les yeux de Judah tombèrent sur sa main, à laquelle elle portait toujours la bague de fiançailles. Elle soupira.

— Judah, je ne m'attends pas à ce que tu me demandes en mariage. Je sais que nos fiançailles ont une date de péremption, rien n'a changé. D'ailleurs, avec notre dispute à la galerie, nous pouvons même utiliser ce prétexte pour les rompre dès aujourd'hui, si tu préfères.

— Bridie.

Judah posa les mains sur celles de Bridie. Il ne savait pas ce qu'il voulait ; Bridie venait de lui offrir une parfaite excuse pour rompre, et il était libre, il pouvait reculer, prendre ses distances. Alors pourquoi voulait-il la rassurer et préserver leur mascarade encore des jours, des semaines ?

Il avait retrouvé ses terres. Il était en passe d'acheter le domaine des Conrad. Il avait rempli sa mission auprès de Bridie, et elle venait de lancer sa carrière. Il avait fait une erreur en passant la nuit avec elle, oui, mais il pouvait limiter les dégâts s'il passait son chemin dès aujourd'hui. Alors pourquoi l'empêchait-il de retirer cette foutue bague ?

Ce n'était pas de la compassion, et encore moins de la galanterie. Il voulait simplement que cet anneau reste à son doigt. Il entrelaça leurs doigts.

— Arrête. Nous aurons le temps de mettre tout ça en place plus tard, comme prévu.

Elle releva les yeux et le dévisagea, en quête de sincérité. Le visage ouvert et honnête, il ajouta :

— Et cette nuit… je n'ai pas été aussi bon que tu le mérites.

— Tu peux te faire pardonner en réessayant.

Il rit. Son enthousiasme était un très beau compliment.

— Ou alors en t'offrant des bijoux ?

Qu'est-ce qui lui prenait ? Les bijoux étaient bien moins dangereux que le sexe, mais tout de même…

— Écoute, Judah. Si tu veux oublier la nuit dernière et ne jamais revenir dans mon lit, dis-le-moi clairement. J'ai besoin de savoir ce que tu désires vraiment. Tu ne peux me dire tout et son contraire, tu comprends ?

Elle le fixait, pleine de bravade et de témérité. Et pourtant elle était si fragile… Il était toujours terrifié à l'idée de faire un faux pas et de la briser.

— Bien sûr que je veux continuer à te toucher, Bridie. C'est évident. Mais je m'attends aussi à ce que tu finisses par te lasser de moi, de mes caprices et de mes défauts. Tant que tu en as envie, je suis à ton service.

Elle plissa les yeux. Oh-oh.

— Je ne veux pas de ton *service,* Judah. Tu as le droit d'avoir des sentiments et de t'exprimer ! Depuis ce matin, tu t'es refermé comme une huître.

— Si tu veux un homme ouvert et démonstratif, tu t'es trompé d'amant. Je te donne le *vrai* moi. Choisis en toute connaissance de cause, Bridie.

Mais, au lieu de refuser, Bridie se contenta de délivrer sa main d'entre les siennes et de lui sourire de ce sourire lumineux qui l'éclairait de l'intérieur.

— Si tu crois que je vais me lasser, tu es aussi bête que boudeur, Judah Blake.

Ils se fixèrent un moment, tous deux décidés à ne pas détourner le regard ; elle capitula la première, mais seulement pour éclater de rire.

— Mais d'abord j'ai du shopping à faire.

Elle se leva d'un bond et partit vers la chambre.

— Bridie…

Elle pivota vers lui.

— Tu as raison. Cette nuit, c'était exceptionnel. Pour moi aussi. Merci de m'avoir supporté et de m'avoir écouté.

Elle le regardait avec sérieux, belle à mourir, ses cheveux comme une cascade d'automne sur ses épaules.

— Tu peux toujours compter sur moi, Judah. Je suis là pour toi.

9.

Des nouvelles fraîches attendaient Bridie à la galerie : toutes les œuvres de son exposition étaient bel et bien vendues, elle avait déjà trois propositions de commandes pour des paysages, et la critique du vernissage était dithyrambique. La presse nationale avait aussi fait des gorges chaudes de « la tension palpable » et du « passif tragique qui semblait unir les deux héritiers de l'Outback », mais elle était décidée à ignorer les gros titres ; après tout, la galerie voulait déjà organiser une nouvelle exposition, et c'était ce qui comptait.

Incroyablement, Judah l'attendait devant la galerie. Sans cérémonie, Bridie lui tendit le tube protégeant le cliché de leur danse.

— Voilà ta photo, mais attends-toi à ce que les critiques la mentionnent, histoire d'utiliser notre passé et notre relation pour faire le buzz.

— Je m'y attendais, dit-il en prenant le chemin du retour. Mais à part ça les critiques sont bonnes ?

— D'après Sara, oui.

— Alors c'est ce qui compte.

Ils passèrent par l'hôtel déposer la photo mais, avant de partir, Judah guida Bridie vers l'exquise bijouterie au fond du hall. Dans la vitrine, un buste de velours noir portait une magnifique rivière de diamants et de perles. Les perles semblaient émettre leur propre rayonnement. L'absence de vignette suggérait un prix exorbitant.

— Viens, je veux te demander ton avis.

Il passa la porte et la tint pour elle. Elle le suivit, perplexe. Allait-il s'acheter un bijou ?

L'employé de la boutique les accueillit d'un large sourire.

— Monsieur Blake.

— Re-bonjour, Martin. Je vous présente Mlle Starr.

Le bijoutier la salua chaleureusement avant de faire apparaître trois colliers déposés sur un coussin de velours. Bridie retint son souffle et leva les yeux vers Judah, indécise.

— C'est un cadeau de ma part, expliqua-t-il.

Elle n'avait pas oublié qu'il lui avait promis des bijoux parce qu'il pensait n'avoir pas été à la hauteur. Il avait été honnête avec elle, et c'était tout ce dont elle avait besoin. Elle secoua la tête.

— Ce n'est pas nécessaire. Ce week-end a déjà été… révélateur. Éducatif. Magique.

— Justement, coupa Judah, ça te fera un souvenir. Choisis-en un. Je ne suis pas certain de tes goûts, je ne veux pas acheter un collier que tu n'aimeras pas.

Oh ! elle les aimait tous, mais leur prix devait être absolument astronomique !

— Judah, je ne peux pas accepter.

Elle recula de quelques pas. Il soutint son regard.

— Une photo par mois pendant des années. Une ligne de survie, une connexion à mon foyer. C'est ce que tu m'as donné, Bridie. Rien n'arrivera à la hauteur de ton cadeau. Ces bijoux ne sont que des breloques.

— Des breloques très chères, corrigea-t-elle en croisant le regard patiemment indulgent du vendeur.

— Merci, mademoiselle Starr. Effectivement, ces pièces sont chères, et très belles. Prenez celle-ci, par exemple. Un triple rang de perles blanches de la mer du Sud, avec un lustre parfait, entourant une opale de feu de dix-neuf carats et sertie de platine.

— Magnifique. Mais ce n'est pas un collier qu'on porte tous les jours.

— Effectivement. Une breloque pour les grandes occasions, dit Martin en soulevant le second collier. Celui-ci n'est pas exactement discret non plus. Un pendentif Arts déco travaillé en diamants et saphirs.

Bridie déglutit.

— Tu es sérieux ? demanda-t-elle à Judah.

— On ne peut plus sérieux, rétorqua-t-il avec un sourire irrésistible. Mon préféré, c'est le troisième.

C'était un bijou moderne, une pièce abstraite incrustée de diamants blancs, de perles noires, de saphirs céruléens et de pierres rose-orange dont la brillance n'avait rien à envier à celle de leurs voisines.

— Quelle est cette pierre ? demanda Bridie.

— Des saphirs padparadscha, extraits éthiquement, bien sûr. Ils sont ravissants, n'est-ce pas ?

— Magnifiques…, murmura Bridie, conquise.

Judah hocha la tête.

— Nous allons prendre celui-ci. Tu veux le mettre pour le déjeuner ?

Comment résister à son sourire ? Elle hocha la tête et le laissa attacher le collier à sa nuque. Dans la rue, elle avait l'impression d'être une star lorsque des inconnus lui jetaient des regards admiratifs.

Même Judah souriait de bien-être, libre et heureux dans le scintillement du port et la douceur de la brise, une bière froide dans la main et des fruits de mer divins dans l'assiette.

— J'aimerais faire ça plus souvent, soupira-t-elle, pleinement détendue.

— Je suis content de te l'entendre dire.

— Et toi ? Tu t'amuses ?

— Je m'amuse, mais je ne peux pas m'empêcher de remarquer que tu attires les regards. C'est toujours comme ça ?

Ah… Elle grimaça.

— Oui. Je n'aime pas particulièrement ce genre d'attention, mais c'est fréquent, avec un visage comme le mien. La beauté a un prix. Ou alors, ils essayent tous de deviner où j'ai acheté le plus beau collier du monde.

Judah rit en secouant la tête.

— Il te va à ravir. Mais, dis-moi, pourquoi est-ce que tu es célibataire ? Tu pourrais avoir n'importe quel homme.

— La peur, le traumatisme et la réclusion ne facilitent pas les choses. Je suis peut-être la plus jolie poupée de la boutique, mais mes angoisses sont de sacrés obstacles. Je vis au milieu de nulle part et j'aime ma solitude.

Elle plissa les yeux.

— Je ne t'attendais pas, si c'est la question que tu te poses. Je pensais avoir été claire, hier soir.

— Tu as été claire, acquiesça-t-il.

— Je sais que tu te lasseras vite de moi. Quand tu auras retrouvé tes marques, tu brilleras si fort que tu ne me jetteras même plus un regard. Mais pendant que tu es à mes côtés j'ai bien l'intention de savourer ta présence. Je t'aime beaucoup. Je te fais confiance. C'est assez pour moi.

Et elle devrait bien s'en contenter, quoi qu'il arrive. Il ne lui proposait rien de plus.

Judah fronça les sourcils, mais ne la contredit pas.

— En qui d'autre as-tu confiance ? demanda-t-il.

— Mon père, Gert, Reid, ma tante. Et toi ?

Il haussa les épaules et but une gorgée de bière.

— Personne ? insista-t-elle.

Le silence s'étira.

— Même pas Reid ?

— Il est très jeune.

— Il est loyal. Donne-lui une chance.

Et à moi aussi, aurait-elle voulu dire, mais elle tint sa

langue. Il ne servirait à rien de lui soutirer une promesse réticente. Elle ne voulait ni mensonge ni dispute. Peut-être que la confiance viendrait doucement, pas à pas.

— Allez, reprit-elle avec un sourire, dis-moi la vérité. Avoue que tu aimes être ici. Je parie que tu aimes notre place sur la terrasse, d'ailleurs. Tous les deux dos au mur pour voir tout ce qui se passe dans la pièce. En feng shui, on appelle ça la position de commandement.

— Tu es une vraie mine d'informations.

— N'est-ce pas ? On lit beaucoup de choses inutiles quand on reste chez soi.

— Comment c'était, la boutique de boutons ?

— Génial. Les boutons anciens ont une histoire. Il y avait des centaines de modèles.

— Il y a tellement de choix tout le temps et partout que j'ai du mal à faire mes courses ou à commander au restaurant. J'aurais été perdu, dans ta boutique.

Bridie dressa l'oreille ; c'était une nouvelle information. Elle devait prêter *grande* attention à ce que Judah choisissait de partager. Rien n'était anodin, pour un homme qui gardait si souvent le silence.

— Est-ce que ce genre de choses t'a toujours posé problème ? demanda-t-elle avec précaution.

— Non. Mais en prison tu n'as plus le choix. Quand tu y restes assez longtemps, ne plus prendre de décision devient la norme.

— Pourtant, tu prends de grandes décisions tous les jours. Tu as fait des choix stratégiques pour la conservation et la gestion des terres de notre région. Ces projets ont des conséquences durables. Comment y parviens-tu ?

— Je pense à ce projet depuis mon adolescence. J'ai eu le temps de songer à tous les détails. J'ai l'argent nécessaire, et l'argent facilite infiniment le processus.

Elle hocha la tête, pensive.

— Je comprends. Je te remercie de m'en avoir parlé. Je

suis heureuse que tu me fasses assez confiance pour me parler de la peur que t'inspire une boutique de boutons.

Au lieu de sourire de la plaisanterie, Judah baissa les yeux, l'air étrangement timide.

— Tu voulais apprendre à me connaître…

— Je veux toujours apprendre à te connaître. Et je veux aider sur ton projet de conservation. J'ai des centaines de clichés de la faune et de la flore. Tu pourrais les utiliser pour tes campagnes publicitaires. Je peux aussi photographier des éléments spécifiques, si besoin.

— Du moment que je n'ai pas à choisir, répliqua-t-il en souriant.

— Promis. Je peux prendre ces décisions-là.

Elle lui rendit son sourire. Les gros titres pouvaient bien dire ce qu'ils voulaient, elle ne voyait aucune « tension palpable », aucun « passif tragique » entre eux, à cet instant précis.

— Hé, je peux même choisir ton dessert, si tu veux. Si je commande le gâteau aux amandes et que tu prends le pudding collant aux dattes, je pourrai piocher dans mes deux pâtisseries préférées. Je suis une opportuniste, tu comprends. Ça te va ?

Il sourit de nouveau, plus sincère, plus ouvert que jamais.

— Ça me va.

Lorsqu'elle arriva enfin à Devil's Kiss, le soir même, Bridie était certaine d'une chose : un nouvel équilibre s'était établi entre elle et Judah. Il n'était plus nécessaire de cacher leurs angoisses sous un masque d'invulnérabilité, pas l'un avec l'autre. Leur week-end à Sydney leur avait appris à communiquer.

La confiance n'était pas une chose facile, pour Bridie, mais quoi qu'il advienne elle faisait confiance à Judah. Elle ne savait pas exactement ce qu'ils étaient – certainement pas juste amis, certainement pas réellement fiancés… Mais ils étaient *quelque chose,* et c'était une aventure qu'elle voulait savourer pleinement.

10.

— Qu'est-ce que tu as fait à mon frère ?

Reid était apparu sur la galerie, les mains sur les hanches, couvert de la poussière rouge qu'il avait amassée pendant son vol en hélicoptère.

— Reid ! Je t'ai déjà dit de ne pas te secouer à l'intérieur. Et je n'ai rien fait à ton frère. J'écoute ce qu'il a à dire, je me dispute avec lui quand je pense qu'il a tort, et j'essaye de comprendre ses réactions. Nous sommes amis, comme tu me l'as demandé.

Elle l'avait aussi chaleureusement invité dans son lit, mais Judah n'avait pas encore saisi l'opportunité au vol.

— Il se lève à 5 heures pour faire des pompes et une séance de sport, puis il suit à la lettre le menu alimentaire qu'il a prévu la veille ; et malheur à toi si tu proposes autre chose. Ensuite, il passe l'après-midi en réunions. Il dépense des millions en un claquement de doigts. Il a acheté une mine de sel au nord de Jeddah Creek, hier. Je crois qu'il veut récupérer toutes les terres qui nous en séparent. Le soir, il m'emmène toujours voir le coucher du soleil, mais s'il m'adresse trois mots c'est le bout du monde. Et il ne dort toujours pas dans son lit.

Bridie leva les yeux. Souvent, c'était tard le soir que Judah venait lui rendre visite. Parfois il lui parlait de ses rêves et de ses projets. Parfois il attrapait une pile de photos pour les étaler sur la galerie, et passait une bonne heure à choisir ses préférées.

Peu importait qu'elle ne soit pas toujours d'accord avec sa décision. L'important, c'était qu'il parvenait à faire un choix.

Certains soirs il restait dormir, dans le lit de camp sur la galerie. Mais il ne la rejoignait jamais dans sa chambre, et il avait toujours disparu au petit matin. Il ne laissait aucun signe de sa venue, sauf quelques fleurs en papier qu'il avait pliées lui-même, peut-être pour tuer le temps avant l'aurore.

Elle les gardait toutes dans un vase de cristal, sur sa commode. Il n'en savait sûrement rien.

— Ton frère retrouve ses marques. Il a besoin de temps. Je trouve qu'il s'en sort merveilleusement bien. Tu devrais être fier de lui.

Reid leva les yeux au ciel.

— Oh ! mon Dieu. Tu es vraiment folle de lui.

— Ça n'a rien à voir !

— Tu sais ce qu'il a fait hier soir ? Il a réuni tous les tissus et les vêtements verts de la maison, les miens y compris. Je ne trouve plus ma veste.

— Oublie ta veste, grimaça Bridie. Elle a été sacrifiée sur le bûcher hier soir. Judah ne veut plus jamais voir ou porter du vert, ça lui rappelle trop les uniformes de la prison. On a fait un feu de camp.

— C'était ma veste préférée !

— Tu serais plus mignon en veste à fleurs, de toute façon.

— Nous n'avons même plus de serviettes !

— J'en ai commandé d'autres ce matin. J'ai pris du rose et du jaune, je crois que ton frère aime bien.

— Bridie ! s'écria Reid en secouant les bras. Arrête de l'encourager dans ses lubies !

— Un petit café ?

Reid la suivit en maugréant. Il s'affala sur une chaise pendant qu'elle allumait la cafetière.

— Tu sais quoi ? marmonna-t-il. Il a engagé une assistante

comptable sans même la rencontrer. Elle a vingt-deux ans, elle est en foyer depuis que son père a été envoyé en prison quand elle avait dix ans, et elle n'a jamais fini le lycée.

Il attrapa l'énorme mug qu'elle lui tendait.

— Comment on va se débrouiller si elle ne sait rien faire ? Ou pire, si elle aime porter du vert ?

Bridie rit, mais la nouvelle lui inspira un rien d'angoisse.

— Où va-t-elle vivre ?

— Aux anciennes écuries.

— Pendant longtemps ?

— Demande à ton *ami*. Et rappelle-lui que je ne suis pas un gamin et que je suis censé participer à ce genre de décisions. Je n'ai aucune envie qu'une inconnue vienne vivre dans notre jardin !

Bridie hocha la tête. Elle ne savait pas quoi penser de cette nouvelle arrivante. Et si Judah la préférait à elle ? Et s'il passait moins de temps en sa compagnie, après son arrivée ?

— Je vais la chercher cet après-midi à Townsville. Tu as besoin de quelque chose là-bas ?

— Oh ! avec plaisir. De la perche fraîche, une dizaine d'huîtres, du caviar, deux citrons et une laitue, ce serait possible ?

— S'il y en a au Hangar, je te rapporte ça. Appelle-les pour leur dire de garder les laitues dans la chambre froide jusqu'à ce que je vienne les prendre.

— Merci, merci, merci. Je t'adore.

— J'espère bien. Et dis à Judah que je veux garder mon dernier pull vert. C'est maman qui me l'a tricoté. Quand je le porte, c'est comme un câlin de quelqu'un qui n'est plus là. J'y tiens beaucoup. Je ne peux pas le perdre, d'accord ? Tu peux lui faire comprendre ça ?

— Pourquoi tu ne lui dis pas, Reid ?

— Quand je mentionne nos parents, il se referme

complètement. Il ne veut pas parler d'eux, et il ne veut pas que je parle d'eux en sa présence.

Le cœur de Bridie se serra. Elle comprenait ce qu'il ressentait ; son père avait fait la même chose, quand sa mère avait disparu, parce que le chagrin était trop fort.

— Je lui dirai, promit-elle. Il comprendra.

Judah aimait se dire que rien ni personne ne pouvait le faire flancher, mais Bridie avait le chic pour le foudroyer d'un simple regard. Il avait sans cesse besoin de s'arrêter face à elle, de reprendre son souffle ; de mémoriser chaque détail. Et ce soir, ce soir encore, elle l'attendrait à la porte de sa cuisine dans sa nuisette rose qui lui donnait envie de tendre la main pour caresser sa peau avec révérence…

Elle l'avait invité pour profiter des fruits de mer que Reid lui avait rapportés de la ville, parce qu'elle en avait trop, avait-elle dit. Il arriva à Devil's Kiss de bonne humeur ; lavé, rasé et élégant. Il ne s'attendait pas, néanmoins, à trouver des huîtres, du caviar, sa bière préférée, tout cela installé dans le grand salon des Starr à la lumière des bougies.

Il ne remarqua la bague et le bracelet au centre de la table sculptée qu'au moment où il tira la chaise de Bridie pour qu'elle s'assoie.

Il inspira profondément, puis expira, doucement. Il pouvait garder le contrôle de ses émotions. *Ne prends pas de décisions hâtives. Ne réagis pas à l'instinct.* Personne n'aurait organisé un dîner aux chandelles pour rompre des fiançailles.

— Qu'est-ce que c'est que tout ça ? s'enquit-il.

Sa voix ne trembla pas.

— Je veux fêter ces derniers mois, ta productivité et ton retour florissant dans la bonne société, dit-elle en lui faisant signe de prendre place de sa main dénuée d'anneau.

Des jolis mots et un joli sourire, mais les bijoux brillaient au centre de la table et il peinait à ignorer leur message silencieux.

— Assieds-toi. Mange, dit-elle en se penchant pour allumer les bougies du chandelier posé au centre.

Dans la lueur mouvante des flammes, sa beauté le prit au cœur. Il avait appris beaucoup de choses sur Bridie, ces dernières semaines. Il avait appris qu'elle était brillante et inventive. Malicieuse. Déterminée. Son père n'était toujours pas rentré, mais elle avait pris la tête de Devil's Kiss au pied levé. Et, bien sûr, sa créativité était extraordinaire.

— Qu'est-ce que tu veux ? s'enquit-il sans ambages. Si tu m'as invité pour me mettre de bonne humeur et me demander la permission d'exposer les photos que tu as prises de moi l'autre jour, c'est non.

Elle l'avait photographié en train de nettoyer le vieil abreuvoir, torse nu et chapeau sur la tête. La bonde avait sauté en plein milieu et, après quelques efforts désespérés pour endiguer le nouveau flux, il était juste resté là, les bottes trempées dans l'abreuvoir et le visage offert au jet tiède.

— Non, avait-il lâché en entendant l'appareil-photo cliqueter, mais il était trop heureux pour bouger.

— Mais, Judah, c'est de l'art, avait-elle répondu en riant avant de le repositionner bien comme il faut face à l'objectif.

Il avait obéi docilement à ses directives, et il l'avait prévenue plusieurs fois avant de l'embarquer dans la bassine avec lui à corps, à cris, et à grands rires.

Face à lui, Bridie secoua la tête.

— Je n'exposerai plus jamais de photos de toi, promit-elle, une main sur le cœur.

Le geste ne faisait que souligner la courbe délicate de ses seins et la joliesse du collier qu'il lui avait offert à Sydney. Elle ne l'avait pas porté depuis. Qu'avait dit le bijoutier, ce jour-là ? *Une breloque pour les grandes occasions…*

Il jeta un coup d'œil à la pile scintillante qui attendait

toujours au centre de la table. Il attrapa la bouteille de champagne et remplit leurs flûtes.

— Alors que se passe-t-il ?

— D'abord, tu dois un nouveau manteau à ton frère. Tu ne m'avais pas dit que nous étions en train de brûler *ses* vêtements, hier soir.

— Je lui rachèterai une veste. Mieux que l'ancienne. Et d'une autre couleur.

— Il a un pull vert que votre mère lui a tricoté. Il y est très attaché. N'y touche pas, d'accord ?

Cette fois-ci, la honte s'insinua en lui.

— Je n'y toucherai pas.

— Il n'était pas particulièrement heureux d'accueillir une inconnue chez lui sans avoir eu voix au chapitre, tu sais.

— Ne t'inquiète pas, il l'a déjà adoptée. Elle est adorable. La dernière fois que je les ai vus, son fils dormait sur les genoux de Reid et ils discutaient de couvertures pour bébés.

— Elle a un fils ? Tu la connais bien ?

— Je l'ai vue une ou deux fois.

— Arrête de tourner autour du pot, Judah. Comment l'as-tu rencontrée ?

— C'est la fille d'un de mes compagnons de cellule. Je lui avais promis de prendre de ses nouvelles quand je sortirais. Quand je l'ai trouvée elle égrenait du coton douze heures par jour, six jours par semaine, et faisait les comptes de sa crèche de quartier en échange de ses services de garderie parce qu'elle ne pouvait pas payer la facture.

— Judah… Ce n'est pas une raison suffisante pour engager quelqu'un.

— Je veux accueillir des gens dans nos vies parce que nous avons besoin d'aide et qu'ils ont besoin d'une chance. Une autre femme arrive la semaine prochaine. Elle va assister mon comptable. Elle a soixante-sept ans et je l'ai rencontrée sur un ferry à Sydney. Fais-moi confiance,

Bridie. Je n'engagerai pas un homme sur ton domaine sans t'en parler avant.

— Les femmes peuvent aussi poser problème.

Il ne comprenait pas sa réticence. Il avait pourtant prouvé qu'il n'embaucherait que des gens partageant leurs valeurs.

— Quel problème ?

— Écoute, je t'encourage juste à demander mon avis et celui de Reid avant de prendre des décisions drastiques.

— Non, non, insista-t-il. Ce n'est pas ce que tu es en train de dire. De quel problème parles-tu, Bridie ? Voir de nouvelles têtes nous fera à tous le plus grand bien.

Elle le fixa un long moment, les yeux houleux. Puis :

— Je suis jalouse, admit-elle.

— Tu es…

Il fronça les sourcils.

— De quoi ? s'étonna-t-il, perplexe.

— Apparemment, d'une adorable maman célibataire qui te verra tous les jours. Et tu as rencontré une dame à Sydney, mais tu n'en as jamais parlé. Bien sûr, je sais que tu as droit à ta vie privée et à tes secrets. Rationnellement, je sais que je n'ai rien à dire. Mais je crois que je suis un peu possessive à ton égard. C'est stupide et c'est injuste. C'est bon pour toi de te faire des amis, de t'ouvrir au monde. Oublie tout ça, je n'aurais pas dû en parler.

Elle attrapa une huître et entreprit de la poignarder à coups de fourchette.

— Sers-toi, Judah. Elles sont fraîches.

— Attends, attends.

Il ne détestait pas l'idée qu'elle soit un peu possessive à son endroit ; pourquoi s'en vouloir ? C'était une émotion humaine. Il soutint son regard.

— Déjà, soyons clairs. Je n'ai aucun intérêt sexuel pour ces deux femmes. Tu n'as pas à t'inquiéter.

— Ce n'est pas exactement ce qui m'inquiète.

— Alors explique-moi.

Elle reposa sa fourchette avec un soupir.

— Tu viens me voir, tu sembles apprécier ma compagnie, et chaque fois que je veux te rendre ta bague tu repousses l'échéance. Tu me laisses voir tes excentricités ; et Dieu sait que je les adore. Tu me passionnes, Judah, et j'aime passer du temps avec toi. Mais…

— Mais ?

— Tu fais toujours semblant d'ignorer que je meurs de désir pour toi.

Il ne l'avait pas touchée depuis Sydney. Il avait enterré ses pulsions sous une montagne de travail et une discipline enragée. Il s'était efforcé d'exhiber tous ses défauts, toutes ses lubies. Il voulait qu'elle sache dans quoi elle s'engageait, si elle voulait être avec lui. Il voulait qu'elle le *voie,* lui ; le vrai lui. Il s'éclaircit la gorge. Elle reprit :

— J'ai été claire sur ce point, non ? Je veux une relation avec toi. J'étais sérieuse. Je comprends bien que tu ne veux pas me blesser, ou me souiller, ou je ne sais quelle autre élucubration insensée, mais…

Elle parlait d'un ton léger, mais ses yeux ne riaient pas.

— Mais je commence à perdre espoir, dit-elle.

Perdre espoir. Deux petits mots qui le frappèrent plus violemment qu'un coup de poing.

— J'ai besoin de savoir, Judah. J'ai besoin de le savoir si tu ne veux pas aller plus loin.

Sa sincérité continuait de le terrifier. Elle ne lui laissait aucune issue, aucun recoin pour se cacher. Avec elle, il avait lentement dû baisser les armes, ces mêmes armes qu'il avait construites de ses mains pour affronter une vie de méfiance. Voilà pourquoi il avait avancé si lentement avec elle.

Pas parce qu'il hésitait ; parce qu'il avait peur.

— Je veux aller plus loin.

C'était un euphémisme.

— Mais je ne veux pas te décevoir.

— Mais tu ne me décevras pas, souffla-t-elle. Écoute. Tu as acheté la terre des Conrad. Tous tes projets sont en marche. Tu as signé avec les investisseurs qu'il te faut. Nous n'avons aucune raison de rester fiancés, à moins que nous ne le désirions tous les deux. Alors je te pose la question : est-ce que tu veux que nous restions fiancés ?

— Et toi ?

— Toi d'abord. J'ai déjà utilisé tout mon courage aujourd'hui.

Était-ce vraiment ce qu'elle voulait ? Rester auprès de lui, malgré tous ses défauts, toutes ses fissures ? Il n'était pas prêt à admettre tout haut que son aveu le remplissait d'une joie féroce, mais il voulait qu'elle garde cette bague à son annulaire, et qu'elle se love dans ses bras, et…

— Ma réputation est fondée sur mon image d'homme réformé, mentit-il, le cœur effréné. Je veux qu'on me considère comme quelqu'un de stable et de sérieux. Combiner les terres de Jeddah Creek et de Devil's Kiss par le mariage est une bonne décision commerciale. Mes ancêtres aristocrates nous applaudiraient.

Bridie ne détourna pas les yeux.

— Ce n'est pas exactement ce que j'étais en train de suggérer, Judah.

Et elle méritait mieux que cela, il le savait, mais si ses sentiments pour elle étaient aussi profonds que sincères (*tu es amoureux d'elle,* murmurait une petite voix au fond de sa tête), Bridie, elle, n'avait pas toutes les informations en main pour prendre sa décision. Elle le voyait toujours comme un héros. À tort. Le secret qu'il avait gardé si longtemps, ce même secret qui l'avait envoyé en prison, lui brûlait la langue plus douloureusement tous les jours. Il voulait tant que Bridie le voie pour ce qu'il était.

Cependant, il avait donné sa parole à Tom Starr. Les conséquences d'une telle confession, qu'elles soient personnelles ou légales, seraient immenses. Il ne pouvait dire à Bridie que la vérité qu'il n'avait pas promis de cacher.

— Je veux t'épouser, Bridie. Réellement. Mais je veux que tu sois certaine de ta décision, toi aussi, et je ne suis pas sûr que ce soit le cas. Je crois que tu me vois plus positivement que je ne le mérite. Pendant que tu y réfléchis, j'aimerais beaucoup que tu restes ma fiancée.

Elle frotta son annulaire, où la bague n'était plus.

— Et concernant le sexe ?

Il ne put retenir un petit rire.

— Je voulais juste te donner le temps de faire le point. Mais si tu insistes…

— Je n'ai pas l'intention d'insister, rétorqua-t-elle, les yeux plongés dans les siens. C'est à toi de jouer, Judah.

— Oh ! je peux jouer.

— Quand ?

— Ce soir.

Elle lui sourit au-dessus des chandelles. Le silence crépitait, électrique et intime.

Elle changea de sujet après cela. Ils parlèrent des écochalets en savourant les huîtres délicieusement accompagnées d'un superbe caviar.

Pour le plat principal, elle lui fit signe de l'accompagner dans la cuisine. Sur l'îlot central, deux vivaneaux déjà assaisonnés d'herbes et d'épices attendaient sous un chiffon.

— Il faut que je les garde à l'œil quand ils sont au four et que je les arrose de sauce régulièrement. Tu veux un verre en attendant ?

Elle avait tout préparé dans les moindres détails. Elle le chérissait autant qu'il la chérissait. La gorge nouée, il leur servit à tous deux un verre de vin.

— Merci, Bridie, pour ce repas délicieux, murmura-t-il, touché de son attention.

— Parfois, je veux t'impressionner.

— Tu m'impressionnes toujours.

Elle glissa le poisson dans le four et il s'accouda à l'îlot. Qu'aurait-elle fait s'il s'était penché en avant, s'il avait caressé son visage avec toute la tendresse qu'il voulait lui montrer ? Hésiterait-elle à lui rendre ses attentions, à l'embrasser ?

— J'ai une question pour toi, dit-il. J'ai une maison de famille au Royaume-Uni, et mon nom ouvre toujours les portes des cercles de l'aristocratie. Si tu m'épousais, nous voyagerions là-bas. J'aimerais retaper la bâtisse. La bonne nouvelle, c'est que mon argent ferait le gros du travail. La mauvaise, c'est que tu n'aimes ni voyager ni te frotter aux hypocrites de la haute société. Qu'est-ce que tu en dis ?

— Je suis censée en dire quelque chose ?

— C'est une autre difficulté dans ta décision. J'ai des responsabilités ici et à l'étranger et je n'ai pas l'intention de les négliger. Veux-tu vraiment t'engager dans une union comme celle-ci ?

— Je n'essaye pas de te faire croire que tu ne pourrais pas trouver mieux pour le rôle de la femme mondaine, rétorqua Bridie en plissant le front. Mais je serai une excellente complice pour protéger tes arrières. Je ne laisserai personne te faire du mal, et je ne paye pas de mine au premier abord.

— Mes ennemis ne te sous-estimeraient pas longtemps.

— Comment s'appellerait ta femme, avec ton titre ?

— Lady Blake, mais ce n'est qu'un titre honorifique. La baronnie passerait directement à notre premier fils.

— Ce n'est pas très juste pour les femmes et les cadets.

— Bienvenue dans l'aristocratie.

— Et tu veux des enfants ?

— Oui.

Elle hocha la tête, approbatrice.

— Et je préférerais qu'ils soient légitimes, ajouta-t-il.

— Oui, évidemment.

Il lui tendit la main et le sourire qu'elle lui offrit en retour réchauffa son âme tout entière. Elle vint à lui sans hésiter. Il repoussa ses cheveux avec toute la délicatesse dont il était capable, émerveillé par la douceur de sa peau.

— Est-ce que tu viens d'accepter de m'épouser et d'avoir mes enfants ?

— Nos enfants, corrigea-t-elle. Et, non, je n'ai rien accepté, pas encore. Tu n'as pas fait de demande officielle, après tout.

— Épouse-moi, murmura-t-il en frôlant ses lèvres.

Elle soupira de plaisir lorsqu'il approfondit le baiser. Il savoura leur étreinte, sa langue salée par le caviar, sucrée par le vin, et sa bouche, sa bouche toujours divine. Il l'attira contre lui, déjà rigide à en souffrir.

— Ah… Tu me veux, peut-être ? taquina-t-elle.

— N'en doute jamais.

— Je suis là. Je te veux aussi.

— J'ai encore du mal à y croire. Tu n'as toujours pas dit oui au mariage.

— Tu n'as toujours pas dit que tu m'aimais. Ou est-ce que c'est trop demander ?

— Non. J'essaye.

Mais il ne savait pas comment dire une chose pareille.

— Laisse-moi deviner. L'amour est une faiblesse plus dangereuse que tout, et c'est difficile pour toi.

— Tu me connais bien.

Elle sourit et hocha la tête.

— Passe-moi les assiettes, tu veux ?

Il mit docilement la table, soulagé de pouvoir reprendre son souffle et ses esprits. Il était affamé d'elle plutôt que du plat pourtant délicieux. Ils s'installèrent là, dans la cuisine, et Bridie reprit le fil de leur conversation légère, mais la tension torturait toujours Judah. Remettrait-elle la bague ? Parviendrait-il à garder le contrôle, dans ses bras, dans son lit ?

— Cette fois-ci, je ne veux pas que tu m'attaches, lâcha-t-il soudain, sans aucune finesse.

— D'accord, dit-elle simplement.

— Ce n'est pas que… J'ai juste… travaillé sur ma maîtrise de moi-même.

— Tout seul ? plaisanta-t-elle.

Il rit doucement.

— Plus ou moins, oui. Pas comme tu crois ! Pendant les premières semaines, quand j'ai retrouvé la nourriture d'ici après des années en prison, j'engloutissais tout ce qui me faisait envie en prenant à peine le temps de mâcher. Même chose pour les activités en plein air, pour tout ce qui m'avait manqué. J'avais très peu de contrôle sur mes pulsions. J'étais libre, enfin libre, et trop avide pour vraiment profiter de ma liberté. Je te voulais, toi, mais pas comme tu mérites d'être voulue. Je voulais te prendre.

Il avala une gorgée du vin délicieux qu'elle avait servi avec le poisson, puis secoua la tête.

— Ce n'est pas l'homme que je suis. Tu aurais dû me craindre, Bridie.

Mais elle n'avait pas eu peur. Elle lui avait fait confiance.

— J'ai repris le contrôle, maintenant. Je me rationne.

— Je sais.

— Mais j'ai encore du travail.

— Je sais, répéta-t-elle.

Il avait l'intention de refuser le dessert, mais elle avait fait une délicieuse tarte au citron accompagnée de crème chantilly et de myrtilles juteuses. Ils abandonnèrent la cuisine pour s'installer dans la galerie, et ça, plus que toute autre chose, l'apaisa enfin. Il était bien sous le ciel étoilé.

— Où est-ce que tu dors, quand tu n'es pas ici ?

— Je prends le pick-up. J'aime bien me garer en haut de l'escarpement quand il n'y a pas de vent, et au détour de la rivière s'il me faut de l'abri.

— Avec juste un sac de couchage ?

— Et un petit matelas à rouler.

— Et les insectes ?

— Hé, je suis né ici. Les insectes ne veulent pas de moi.

Bridie rit. Il ne se lassait pas de la faire rire.

— Je ne te demanderais pas de supporter ça. Je travaille à reprendre mes aises à l'intérieur.

— Ma chambre a de grandes baies vitrées et donne sur la galerie. On ne voit pas le ciel de mon lit, mais tu peux sortir en une seconde. Viens avec moi, Judah.

Elle posa sa fourchette et lui tendit la main. Il la prit dans la sienne et elle fondit au creux de son étreinte comme si elle avait été créée pour ses bras.

Après un long baiser, elle le guida vers une porte-fenêtre, et il entra dans un monde de lumières diffuses et de coussins aux couleurs tendres. L'énorme lit ancien les attendait au centre, exquis de confort et de pastels. Il sourit.

— Si je fais un faux pas, tu me le diras, pas vrai ? s'enquit-elle.

Il sourit et entrelaça leurs doigts.

— C'est ma réplique.

— Oh ? Dans ce cas, je vais arrêter de répliquer et me déshabiller.

— Très bonne idée. Merveilleux.

Elle recula de quelques pas pour retirer ses vêtements, lentement, sans jamais détourner le regard. Les génies qui avaient créé sa lingerie méritaient un prix. Le cerveau de Judah peinait déjà à suivre. Elle était parfaite, si parfaite.

Elle l'enlaça de ses mains avides et il l'accueillit avec la même ardeur, bridée pour mieux profiter de leur plaisir mêlé. Il avait survécu à sept ans en enfer ; il pouvait bien survivre au manque qui le consumait à cet instant, n'est-ce pas ?

— Touche-moi, supplia-t-elle. Je veux tes mains sur moi.

Et comment résister ? Il la fit basculer sur le lit doux comme un nuage et roula sur elle, enivré par la douceur tiède de sa peau parfumée.

— Fais-nous confiance, murmura-t-elle à son oreille. J'accepterai tout ce que tu voudras bien m'offrir.

Bridie savoura le tremblement de ses doigts sur sa peau, la tendresse heurtée de ses mains le long de ses cuisses. Judah n'était que muscles durs et baisers fervents, et elle était insatiable de lui, ce soir et pour toujours. Il prit son temps avec elle, une éternité pour la préparer, avec ses mains, sa bouche, sa langue, et cette fois lorsqu'il la pénétra elle l'accueillit avec un enthousiasme plein de rires et de baisers ; ce fut aussi facile que de respirer.

Son rire sembla délivrer quelque chose chez Judah ; tout contre elle il sourit à son tour, lumineux et sublime alors qu'il accélérait la cadence, l'emmenant en un rien de temps sur les cimes de la volupté. Elle se laissa emporter en quelques minutes, l'esprit embrasé, le corps pulsant de plaisir pur, et alors même qu'elle pensait avoir survécu à la houle il glissa la main entre ses cuisses et lui arracha un dernier cri d'extase pendant qu'il jouissait à son tour.

Elle devait lui dire. Dès qu'elle aurait retrouvé l'usage de la parole, elle devait lui dire qu'il était extraordinaire. Au creux de ses bras, pelotonnée contre sa poitrine, elle murmura :

— Judah ?

— Hmm ?

— On devrait faire ça plus souvent.

11.

Tom Starr ne voulait vraiment pas lui parler, songea Judah après avoir laissé un énième message sur sa messagerie. Il avait tenté de le joindre plusieurs fois, ces dernières semaines. Il l'avait interrogé sur l'annexion de Devil's Kiss dans le projet de conservation territoriale, puis sur l'argent qu'il avait versé à Bridie. Cette fois-ci, Judah avait espéré que lui demander la main de Bridie aurait fait réagir le vieil homme, mais en vain.

Deux semaines avaient passé. Même Reid avait tenté de joindre Tom, sans succès. Cet homme, l'ami de son père, le mentor de son frère, l'un des héros de Bridie… Judah le connaissait à peine. Il ne pouvait penser à lui sans une vague de rancœur et de frustration. Cette nuit-là, ils avaient été deux contre un. Ils auraient pu immobiliser Lawrence et le maîtriser sans le tuer. Mais Lawrence était sorti à la charge, et Tom, avec le fusil qu'il utilisait depuis toujours à la ferme, n'avait pas hésité une seconde avant de tirer.

Et il n'avait pas manqué sa cible.

Judah comprenait pourquoi Tom avait pressé la détente. Ils étaient tous les deux mus par la peur et l'instinct. Cependant, il ne supportait plus de garder le secret. Bridie avait le droit de savoir ; Bridie était la première concernée. Elle portait la bague des Blake et elle découvrait, petit à petit, chaque facette de lui. Ses rêves. Ses projets. Ses angoisses et ses échecs. Elle croyait en lui.

Il lui devait la vérité.

Il voulait lui dire qu'il l'aimait, qu'il n'avait jamais été aussi heureux, qu'il brûlait de l'épouser. Qu'il rêvait d'enterrer le passé et de vivre sa vie auprès d'elle.

Mais le mensonge le rongeait en silence, empoisonné.

Ces jours-ci, il était agité dès le petit matin. Au lieu de rester dans le lit coloré de Bridie, il allait prendre l'air sur les terres encore endormies. Pour se faire pardonner, il avait pris l'habitude de laisser sur son perron un bouquet de fleurs sauvages et d'herbes folles à son retour. Bridie n'avait plus de vases libres depuis des jours, mais son regard s'éclairait toujours lorsqu'il lui offrait un nouveau bouquet.

— Tu as des nouvelles de ton père ? s'enquit-il un matin, après une nuit si jouissive qu'il en avait oublié son propre nom.

Il était allé contempler le lever du soleil au sommet de Devil's Peak et était rentré juste à temps pour petit déjeuner avec elle, dans la fraîcheur de la galerie.

Elle était installée avec un café trop sucré dans le vieux rocking-chair, encore en pyjama et les cheveux en bataille. Elle n'avait jamais été aussi belle. Elle était plus belle tous les jours.

— Oui. Il a acheté une mine d'opale à Lightning Ridge. Apparemment, le terrain venait avec une maison et une minuscule boutique. Je ne sais pas ce qui lui prend. Il est trop vieux pour faire sa crise de la quarantaine, et je ne crois pas qu'il ait rencontré quelqu'un, alors je ne comprends pas pourquoi il refuse de rentrer. Il ne veut même plus s'occuper de Devil's Kiss. C'est son foyer ! Et *je* suis là. Pourquoi s'est-il enfui ?

Alors, une fois rentré, Judah tenta de nouveau sa chance. Cette fois-ci, Tom décrocha.

— Difficile de vous joindre, siffla Judah.

— Difficile de t'ignorer, grogna Tom.

— Bridie s'inquiète pour vous.

— Je vais très bien.

— Vous manquez à Reid aussi.

— Ils t'ont toi, maintenant.

Judah accusa le coup. Voilà qui avait le mérite d'être clair.

— C'est avec moi que vous avez un problème... Pourquoi ? Je n'ai pas brisé ma promesse.

— Qu'est-ce que tu veux, Judah ?

— La permission d'épouser votre fille.

— Tu n'en as pas besoin.

— Il est traditionnel de demander la bénédiction du père.

Tom resta silencieux. Judah serra les dents. Bridie adorait son père. Reid avait un respect immense pour lui. Pour eux, au moins, il devait contenir sa colère.

— Écoutez, Tom. Vous êtes parti dès que je suis revenu et je ne comprends pas pourquoi. Vos proches sont ici. Ils continuent d'avancer. Vous allez manquer des événements importants dans leur vie si vous ne rentrez pas. Vous ne pouvez pas couper les ponts simplement parce que vous ne m'aimez pas. Qu'ai-je donc fait pour vous blesser ?

— Rien, murmura Tom. Mais chaque fois que je te regarde j'ai honte de ce que je t'ai fait subir. Le procès. La prison. J'ai brisé ta vie et, en faisant cela, j'ai brisé celle de tes parents et de ton frère. Je ne peux pas retourner en arrière et corriger mes erreurs, et c'est un grand tourment. Je sais, dans mon cœur, ce que ta générosité t'a coûté, et je ne sais pas comment te la rendre. Alors je préfère détourner les yeux.

Judah secoua la tête. Il ne voulait pas que Tom s'exile loin d'une vie qu'il avait un jour aimée. C'était un sacrifice inutile.

— Rentrez à la maison, Tom. Venez reconstruire nos vies avec nous. Vous verrez que nous avançons vers des jours meilleurs. Vous y avez votre place. Si votre conscience vous torture, nous pouvons en parler à Bridie, tous les deux. Le fardeau sera plus léger.

À l'autre bout du fil, seulement le silence. Judah attendit un moment avant de reprendre :

— C'est un refus ?

— Pourquoi ferait-on une chose pareille, Judah ?

— Parce que je n'ai aucune envie de mentir à ma femme, rétorqua Judah d'un ton sec.

Lui aussi voulait alléger sa conscience ! Tom pouvait bien comprendre cela, non ? Il avait assez menti. Il avait assez donné. Il voulait être honnête. Bridie méritait la vérité. Bridie méritait de tout savoir de lui et de ce soir fatidique avant de lier sa vie à la sienne.

— Tu m'avais donné ta parole, rétorqua Tom.

— Je sais, et je n'ai jamais brisé ma promesse, contrairement à vous. Vous avez avoué ce que vous avez fait à mon père, je vous le rappelle.

— J'ai besoin de réfléchir. Si notre secret devient public, je pourrais aller en prison et tu pourrais y retourner. C'est vraiment ce que tu veux ?

— Je doute que Bridie le dise à quiconque.

— Je n'en suis pas si sûr. Tu veux lui imposer une confession qu'elle ne pourra jamais partager. Et en le lui disant tu ferais d'elle une complice. Elle risquerait d'être traînée en justice, elle aussi. Est-ce que ça vaut vraiment la peine ?

Le cœur de Judah trébucha. Il n'avait pas songé au péril qu'il imposerait à Bridie. Tom Starr avait raison. Il se comportait comme un imbécile, emporté par ses fantasmes romantiques.

— Je suis désolé, Judah, mais je ne veux pas prendre de risques. Tu m'as promis de la protéger.

— Vous avez raison. Je ne dirai rien.

— Merci.

Judah ne savait pas quoi faire du chagrin et de la souffrance qui montaient en lui.

Mais il n'y avait plus besoin de tergiverser. Si ce qui

s'était passé ce soir-là mettait Bridie en péril, alors elle ne pouvait pas apprendre la vérité.

Gert pétrissait sa pâte à biscuits et Bridie rangeait les courses ; la musique était forte, le soleil était encore tiède, et la vie avait rarement été aussi belle.

— Tu attends de la visite ? demanda Gert.

— Non ?

— Alors prépare-toi ; je vois la poussière d'ici et quelqu'un vient de tourner dans notre allée.

Comme « l'allée » faisait plus de deux kilomètres, Bridie et Gert eurent le temps de sortir sous la galerie et d'attendre leur visiteur, les mains en visière.

— C'est mon père ! s'écria Bridie.

Gert grimaça et rentra à l'intérieur. Bridie, quant à elle, courut à sa rencontre. Tom Starr l'attrapa dans ses bras comme une enfant et son étreinte la ramena des années en arrière.

— Tu es revenu !

— Et tu as bonne mine.

— Ce n'est pas grâce à toi, mais tu m'as manqué quand même.

— J'avais besoin de réfléchir…

— Tu as fini de réfléchir ?

— Sans doute pas. Ta tante t'a fait envoyer un cadeau. Il est dans le coffre.

— Tu l'as vue ? Comment va-t-elle ?

— Beaucoup mieux. Elle a quelqu'un dans sa vie. J'ai entendu dire que c'était aussi ton cas ?

Ils entrèrent dans la cuisine, où Gert avait servi le café. Son père lui sourit ; Gert resta de marbre.

— Tomas Starr, c'est bien toi ? Je me souvenais à peine de ton visage, après tout ce temps.

— Et bonjour à toi aussi, Gert.

Gert le foudroya du regard.

— Tu restes pour de bon, pas vrai ? s'enquit Bridie.

— Pour un moment, en tout cas. Je voulais m'assurer que tout allait bien et t'aider si tu en as besoin.

Elle secoua la tête. Elle n'avait aucune envie de le voir repartir.

— Comment va la mine d'opale ?

Il leva un doigt, puis extirpa deux larges opales de sa poche ; une pour elle, une pour Gert.

— Opales noires. Pas mal, non ? Vous devriez venir avec moi quand j'y retournerai. Je vous ferai visiter.

Gert regardait l'opale, les sourcils froncés.

— Pour te remercier d'avoir pris soin de Bridie en mon absence, ajouta son père.

Gert leva les yeux au ciel.

— La prochaine fois que tu prends la poudre d'escampette, appelle plus souvent. Tout le monde était inquiet. Tu as manqué aux gamins Blake aussi. Reid compte sur toi, et tu l'as laissé tomber comme une vieille chaussette.

— Il a Judah avec lui, maintenant.

— Et tu ne crois pas que Judah mérite ton soutien aussi ? rétorqua Gert en le foudroyant de nouveau du regard.

Bridie grimaça et avala une gorgée de café. La journée allait être plus rude que prévu.

Gert partit pour Jeddah Creek à midi, et Bridie se réjouit de pouvoir passer un moment seule avec son père. Elle avait tant de choses à lui raconter, du succès de son exposition aux commandes de photos qui l'amèneraient à voyager bientôt, en passant par les nouvelles du domaine, les revenus en hausse de Devil's Kiss, le projet de conservation des terres alentour et les plans des écochalets, que le conseil des investisseurs avait approuvés.

Mais elle attendit qu'ils aient fini leur dîner et que son père soit serein et rassasié avant d'aborder un sujet plus personnel :

— Judah a essayé de te joindre.

— Il a *réussi* à me joindre, répondit son père, le visage dans l'ombre. Il m'a demandé ta main. Il est un peu vieux jeu, ce garçon.

— Tu lui as donné ta bénédiction ?

— Disons que nous avons discuté…

Le sang de Bridie se glaça. Elle sentait sa réticence. Son père osait-il vraiment juger Judah pour son crime ?

— C'est un homme bien, papa. Et je l'aime.

Son père détourna le regard. Sur son visage, elle lut une tristesse insoutenable.

— Je sais, Bridie. Je ne lui arrive pas à la cheville. Dis-moi, est-ce que tu te souviens des détails de cette nuit-là ?

Elle se raidit. Elle avait enfoui les images de son attaque très profondément. Elle voulait oublier, c'était tout.

— Lawrence a frappé à la porte et je l'ai laissé entrer. Je lui ai offert un café. Il voulait me convaincre…

— Après ça.

— Je lui ai dit que je ne reviendrais pas au mannequinat. Ce n'est pas ce qu'il voulait entendre. Il m'a attrapée, je me suis défendue. Il m'a frappée, assez fort pour que je perde connaissance. Quand je me suis réveillée, j'étais attachée dans le coffre. Je me souviens… je me souviens de toi et Judah quand vous m'avez sortie de la voiture. Je me souviens de Lawrence en train de mourir dans la poussière.

— Oui, murmura son père en hochant la tête. Et officiellement c'est ce qui s'est passé. N'oublie jamais, ma chérie, que je t'aime, et que j'ai fait tout ce qui était en mon pouvoir pour te protéger. Quant à Judah… il a été d'une générosité incomparable. Envers toi, et envers moi.

— Je sais tout ça, papa, mais…

— Non. Tu ne sais pas tout. Nous t'avons caché quelque chose. Ce n'est pas Judah qui a tué Lawrence, Bridie. C'est moi.

Garde ton calme, Bridie, se répétait-elle encore et encore sur le chemin de Jeddah Creek. Elle allait écouter ce que Judah avait à dire. Elle allait maîtriser sa panique, même si le monde venait de s'écrouler, même si son père était un meurtrier et un lâche, même si Judah… même si Judah avait menti pendant toutes ces années et payé un prix exorbitant pour la protéger. Comment avait-il pu accepter de se sacrifier ainsi pour les Starr ? C'était incompréhensible !

Elle se gara près de la camionnette de Gert et grimpa les hautes marches de la demeure deux à deux ; elle avait presque atteint la grande porte d'entrée lorsque Reid sortit sur le perron et la heurta de plein fouet.

— Houla, tout va bien ?

— Je cherche Judah.

— Il est dans son bureau. Tu veux…

Bridie ne prit pas la peine de s'expliquer. Elle traversa le hall et entra dans le bureau sans frapper. Quand Judah la vit, son visage s'éclaira d'un sourire qui plissait délicieusement ses yeux d'orage.

— Parfait timing. J'ai reçu les suggestions de l'architec…

— Mon père m'a dit la vérité sur la mort de Lawrence, Judah.

Solaire jusque-là, le visage de Judah se mua brutalement en masque glacé. Il ne restait rien de son sourire ouvert.

— Je ne comprends pas.

— Bien sûr que tu comprends ! C'est lui qui a tué Lawrence Levit, pas *toi* !

Aucune émotion. Pas un seul tressaillement. Il rétorqua :

— J'ai dit tout ce que j'avais à dire à ce sujet pendant mon procès. J'ai été condamné, et j'ai terminé ma sentence. Passons à autre chose.

— Mon père…

— … se trompe.

— Je sais que tu mens, Judah. Parle-moi.

— Pour quoi faire ? T'associer à un hypothétique faux

témoignage qui remonte à plusieurs années ? Qu'est-ce que cela peut bien faire, que j'aie ou non tiré sur Levit ? Tu veux que je retourne en prison pour parjure, et ton père pour meurtre ?

— Non, je…

— Alors arrête de poser des questions dont tu ne veux pas entendre la réponse. Ton père est un vieux fou, il délire. Ne crois pas un mot de ce qu'il t'a dit.

Elle secoua la tête.

— Je veux simplement savoir *pourquoi,* Judah. Tu étais si jeune. Tu avais tout pour toi. Pourquoi un garçon avec la vie devant lui aurait-il accepté d'aller en prison pour un crime qu'il n'avait pas commis ?

Judah soutint son regard, les mains croisées, le visage impassible. Il avait tout, à cet instant, de Lord Blake, l'aristocrate au sang britannique.

— Peut-être considérait-il qu'il était de son devoir de servir et protéger ceux qu'il considérait comme étant sous sa protection : les plus vieux, les plus fragiles et les plus jeunes.

— Mais si c'est mon père qui a appuyé sur la détente il aurait dû dire la vérité. Un jury aurait été plus clément envers un père bouleversé par l'enlèvement de sa fille.

— Et qui se serait chargé de toi, pendant qu'il purgeait sa peine ? Qui t'aurait donné la patience et l'amour dont tu avais besoin ? Tu n'as pas d'autre famille. Ta tante avait déjà pris la fuite. Si ton père et ce gamin ont pris cette décision, c'est qu'ils pensaient bien faire.

— Je ne suis plus une enfant, Judah.

— Je sais.

— Alors dis-moi la vérité.

Il déglutit.

— Voici la vérité : je t'aime. Je te protégerai jusqu'à ma mort et avec tout ce que j'ai. À ce moment précis, je te protège. Je ne changerai pas d'avis ni de discours.

Elle accusa le coup. Elle n'avait pas imaginé que sa première déclaration d'amour viendrait sur les talons d'un tel bouleversement. Elle était furieuse qu'il ait endossé la responsabilité d'un crime qu'il n'avait pas commis, qu'il ait perdu tant de choses, et furieuse aussi qu'il cherche aujourd'hui encore à se sacrifier pour elle.

— Je suis désolée, souffla-t-elle.

Elle tournait et retournait la bague autour de son annulaire. Quelque chose se brisa sur le visage de Judah ; il cilla, et un chagrin terrible monta dans son regard.

— Bridie… Ce n'est pas ta faute. Tu ne me dois rien. Et pour l'amour du ciel, si tu dois enlever cette bague, fais-le pour de bon !

Il passa une main fébrile dans ses cheveux. Elle ne l'avait jamais vu si agité.

— C'est avec mon cœur que tu joues, Bridie. Si tu ne veux plus de moi dans ces conditions, je veux le savoir.

Il était aussi bouleversé qu'elle. Jusqu'à cet instant, elle n'avait pas compris combien cette conversation devait être difficile pour lui. Elle croisa les mains pour endiguer leur tremblement.

— Arrête de vouloir me protéger.

— Non, dit-il, très simplement.

— La vérité, c'est important. Surtout dans un mariage.

— Important à quel point ? Si ton père dit en public qu'il a tué Levit, je n'hésiterai pas à le traiter de vieux fou et de menteur. Si cela ne correspond pas aux idéaux que tu as du mariage ou à l'image que tu te faisais de moi, alors pars, Bridie. Pars en courant. Je ne peux pas changer ce que je suis.

Elle déglutit. Qu'était-elle censée répondre à cela ? Elle comprenait sa réaction, elle comprenait son insistance ; elle savait qu'il avait tenu sa parole pour elle, pour son père. Mais cela signifiait aussi que les deux hommes les plus importants de sa vie avaient passé des années à lui mentir !

Elle ne savait pas quoi faire. Elle avait l'impression d'être au bord du gouffre.

— J'ai besoin de temps pour réfléchir.

Il se leva à son tour mais, au lieu de la rejoindre, il pivota vers une porte discrète qui menait vers l'un des petits salons.

— Appelle-moi lorsque tu auras pris ta décision.

Il lui tournait déjà le dos, la main sur la poignée.

— Attends !

Il se figea dans l'encadrement.

— Tu as dit que tu m'aimais…

— Et c'est la vérité, Bridie, dit-il. Mais cela ne veut pas dire que tu es forcée de me rendre mon amour. Rappelle-toi : tu ne me dois rien.

Le battant se referma sur lui en silence.

12.

Quand Bridie rentra chez elle, son père l'accueillit à la porte, les yeux pleins de questions silencieuses. Elle ne savait pas quoi lui dire.

— Judah dit que tu es un vieux fou. Allons nous faire une tasse de thé pour discuter de nos options.

Faire quelque chose de ses dix doigts apaisa un peu sa panique. Elle servit deux tasses et suivit son père sur la galerie arrière, dont la vue était imprenable. De ce côté, il n'y avait pas d'arbres : seulement le relief subtil de l'Outback et sa poussière écarlate.

Elle avala une longue gorgée de thé, les yeux clos.

— Tout cela m'a bien manqué, murmura son père.

— Tu n'étais pas obligé de partir.

Elle leva les yeux et le dévisagea un long moment. Elle n'avait pas songé à ce que son père avait bien pu ressentir au retour de Judah. Son remords, ses silences. Judah pouvait bien dire que les Starr ne lui devaient rien, mais il avait tout donné pour eux, sans aucune contrepartie.

— Écoute, dit-elle. Toi, moi, tante Beth, nous pouvons tous revendiquer la responsabilité de ce qui s'est passé avec Lawrence. Quoi qu'il en soit, la justice ne nous a pas aidés. Les ordonnances restrictives ne servent à rien, par ici. On peut s'accorder là-dessus, non ? Nous n'avions aucun moyen d'arrêter Lawrence Levit et nous ne pouvions compter que sur nous-mêmes ?

Son père serra sa main dans la sienne.

— Oui. On peut s'accorder là-dessus.

— Une chose terrible est arrivée. Peu importe ce qui s'est passé ce soir-là, nous devons énormément à Judah. Et il ne nous demande qu'une chose : avancer au lieu de se concentrer sur le passé. Je pense qu'il a raison.

Elle leva les yeux vers son père, suppliante.

— Je comprends que ce soit difficile pour toi, et que la honte et la culpabilité te tourmentent, mais je veux que tu te pardonnes aussi. À mes yeux, vous êtes tous les deux des héros. Je ne sais pas ce que Lawrence aurait fait de moi. Je vous dois ma vie. C'était lui ou moi, papa. Je suis heureuse que tu m'aies choisie, moi.

Il hocha la tête et garda sa main entre les siennes.

— Quant à Judah… je ne crois pas qu'il avouera jamais la vérité. Il continue de vouloir me protéger.

— Bien sûr. Je savais qu'il tiendrait parole. Mais, même s'il ne la confirmera pas, tu connais maintenant la vérité. Il n'y a plus de secrets entre vous. D'après lui, la vérité est importante pour un mariage heureux.

Quoi ? Elle cligna des yeux, perplexe.

— Tu savais que Judah n'accepterait pas ton aveu ?

— Disons que je m'en doutais.

— Tu as profité de son sens du devoir… Encore une fois !

C'était d'un pragmatisme impitoyable.

— Je sais qu'il t'aime et qu'il veut t'épouser. Je savais qu'il ne pourrait jamais te dire la vérité lui-même, pas s'il voulait que tu restes en sécurité, pas s'il voulait tenir parole. Par contre, si *je* te disais la vérité, tu connaîtrais enfin le dernier secret qu'il ne pouvait t'avouer, et tu resterais protégée de la loi grâce à son refus d'admettre quoi que ce soit. Tout le monde y gagne, non ?

Elle n'en était pas certaine. Judah avait semblé si bouleversé, si impuissant. Elle secoua la tête.

— J'espère que tu as raison.

— Ne t'inquiète pas. Sois heureuse avec lui. Tu as beaucoup souffert, Bridie. Tu sauras apprécier le bonheur à sa juste valeur.

Il regardait l'horizon de poussière, pensif.

— Papa… Tu sais que je ne t'en veux pas. Promets-moi que tu vas continuer à faire partie de ma vie.

— J'ai des opales à miner, fit-il avec un sourire triste.

Elle secoua la tête. Tom Starr était peut-être un rusé menteur, mais il était d'abord son père chéri, l'homme qui l'avait sauvée et relevée après la souffrance.

— J'espère que les opales ne t'empêcheront pas de revenir souvent et de te souvenir tous les jours que je t'aime et que je te veux auprès de moi.

— Je ne suis pas sûr que Judah soit du même avis.

— Je crois que je n'ai pas très bien réagi, face à lui, admit-elle. Nous nous sommes disputés. J'avais du mal à comprendre son point de vue et… Je crois qu'il pense que je vais le quitter.

— Vas-tu le quitter ?

— Non. Non, jamais. Je vais l'épouser et le protéger et le chérir, et je vais lui montrer que je l'aime pour ce qu'il est, pour tout ce qu'il est.

— Alors va lui dire, Bridie.

Bridie avait un plan. Il lui faudrait un peu d'aide, mais si tout se passait comme prévu elle réussirait à montrer à Judah qu'elle aimait tout de lui, corps et âme.

Elle appela d'abord Reid. Il la coupa en plein élan :

— Qu'est-ce qui se passe ? Mon frère m'a dit que vous aviez rompu. Il travaille comme un fou furieux depuis.

— Nous n'avons pas rompu.

— Tu ne veux pas le tenir au courant ? Avant qu'il ne devienne fou ? Je peux l'amener en hélicoptère.

— Bonne idée, dit-elle en souriant. Dis-lui que je l'aime

follement et que je lui prépare une surprise pour lui présenter mes excuses. Dis-lui que tu passeras le prendre une heure avant le coucher du soleil pour une petite excursion en hélico.

— Qu'est-ce que tu prépares ?

— J'ai besoin de tes services de pilote pour la journée. Je te payerai triple. Oh ! et j'ai besoin de draps. Il me faut tous les draps que tu possèdes.

— Tu veux des draps.

— Et tu as du papier toilette ?

— Tu es sûre que tu n'as pas perdu la tête ? fit Reid en riant, mais elle l'entendait déjà ouvrir les placards.

Reid était vraiment l'homme le plus adorable de la terre.

— Je risque de la perdre si je ne prouve pas à ton frère qu'il vaut tout l'or du monde.

— Il vient d'entrer, donc je vais te mettre sur haut-parleur. Je pense qu'il a besoin de te l'entendre dire directement.

— Attends ! Tu vas m'aider, alors ?

— Tu es sur haut-parleur.

— Judah ?

— Bridie, répondit la voix de Judah, très neutre.

— Oh ! euh. Bonjour !

Oh non… Elle n'était absolument pas prête. Elle ferma les yeux, inspira profondément, et se jeta à l'eau :

— Je sais que je n'ai pas été très adroite, hier. J'avais beaucoup de nouvelles informations à enregistrer, dit-elle pour noyer le lourd silence. Mais je ne veux pas rompre nos fiançailles. Tu es l'homme le plus généreux que je connaisse. Je veux t'épouser, je veux t'encourager, je veux rire avec toi et chérir toutes tes facettes. Je veux que nous partagions notre vie.

Personne ne parlait à l'autre bout du fil. Bridie grimaça.

— Et toi ? Est-ce que… c'est toujours ce que tu veux ?

Elle n'entendit qu'un mouvement d'air, puis un soupir.

— Est-ce que quelqu'un vient de… soupirer ?

— C'était moi, admit Reid. J'essaye de faire parler ma

tête de mule de frère, mais il n'a pas l'air de comprendre mes gesticulations.

Judah prit enfin la parole :

— Bridie, tu n'as pas besoin de me prouver quoi que ce soit. Je ne veux pas de ta pitié ni de ta reconnaissance.

Un grognement, puis deux grognements mêlés et des bruits de lutte. Une minute plus tard, la voix de Reid s'éleva au bout du fil :

— Désolé. Mon frère a encore quelque chose à dire.

Elle attendit. Attendit, et attendit, et attendit. Et puis :

— Je suis à toi, dit Judah d'une voix brute et rauque, sortie du cœur. Bien sûr que c'est aussi ce que je veux. Plus que tout.

— Parfait. *Tu* es parfait. Merci.

Son cœur battait la chamade.

— Tu veux bien me rejoindre une heure avant le coucher du soleil ? J'ai un cadeau pour toi. Pour me faire pardonner de ma… confusion, hier.

— Pas besoin. C'est oublié.

— Non. Je n'oublierai jamais, Judah. Mais je n'en parlerai plus, c'est promis. Accompagne juste Reid en hélicoptère quand il viendra te chercher, d'accord ?

— D'accord.

Elle leva un poing triomphant.

— Super ! lâcha-t-elle dans un rire. Merci. Oh ! et Reid ?

— Oui, oui. Mes hélices sont à ton service pour la journée, ma chère belle-sœur.

— Je suis heureuse de gagner le meilleur petit frère du monde au passage, tu sais ? lança-t-elle. Maintenant dépêche-toi de me rejoindre. Je vais te mettre au travail.

Judah était dans son bureau quand Reid vint le rejoindre, à 17 heures.

— Prêt à retrouver ta dulcinée ? s'enquit-il avec un grand sourire espiègle.

Judah plissa les yeux.

— Je vais l'aimer, cette surprise ?

— J'espère bien. Je vais avoir besoin de vacances, après une journée pareille. Tu as ton portefeuille ?

— Pourquoi j'aurais besoin de mon portefeuille ?

— Il faut toujours avoir tes papiers sur toi en cas de sinistre. Je suis à cheval sur les règles d'aviation.

C'était presque crédible… *Presque.* Il arqua un sourcil.

— Prends-le, d'accord ? soupira Reid.

— Susceptible, susurra Judah en empochant docilement son portefeuille.

— Tu ne vas pas te changer ?

— C'est vraiment nécessaire ?

— Écoute. La dernière fois que j'ai vu Bridie, elle était couverte de boue. Elle a clairement fait mention d'une douche et d'une robe en soie. Elle se demandait si elle aurait le temps de se faire une coiffure un peu sophistiquée après s'être lavé les cheveux. Je partage généreusement ces informations avec toi pour que tu n'arrives pas là-bas habillé comme l'as de pique alors que ta fiancée aura l'air de sortir d'un film hollywoodien.

Alors, Judah grimpa rapidement chercher une chemise et enfiler des bottes moins crasseuses.

— Parfait. Maintenant allons-y, ou nous allons être en retard. Le soleil n'attend personne.

Reid pilotait son hélicoptère avec l'assurance de la jeunesse et de l'expertise. Ils dépassèrent le détour de la rivière, mais l'hélicoptère fit soudain demi-tour pour revenir au cours d'eau, cette fois avec le soleil derrière eux. C'est là que Judah remarqua le mot en contrebas, dessiné sur le sol avec des pierres, des branches et de l'étoffe blanche.

FORCE.

— C’est ce que Bridie voit en toi, expliqua Reid dans le micro du casque. Un homme fort. Elle a raison, tu sais.

Avant que Judah ne puisse répondre, Reid amorça un virage échevelé et s’envola vers l’est. Un autre mot les attendait à la frontière de Jeddah Creek, entièrement composé de larges pierres.

COURAGE.

Le cœur de Judah rata un battement.

Reid tourna au-dessus quelques minutes avant de partir vers le nord.

— Il y en a d’autres ? s’étonna Judah.

— Bien sûr ! C’est l’objectif de cette petite performance, espèce de tête de mule. Que tu comprennes enfin que tu es extraordinaire et qu’elle comprend tes facettes. Et, entre nous, heureusement que nous n’avions plus de draps à la fin. Elle aurait sûrement continué toute la nuit.

Le mot suivant était HONNEUR.

— Je crois que c’est mon préféré, fit Reid. Il te va bien.

Ils trouvèrent RÉSILIENCE un peu plus loin, découpé dans de la toile de tente piquée dans la poussière.

— Celui-ci lui a pris un temps fou, disait Reid. Oh ! et il faut qu’on rachète des tentes, soit dit en passant.

Plus loin encore, ils trouvèrent le mot ESPOIR.

— Elle dit qu’un homme sans espoir ne serait pas capable d’imaginer l’avenir comme tu le fais, ni de travailler si dur pour réaliser ses rêves.

Reid tourna une fois encore, un sourire aux lèvres.

— Elle avait une très, très longue liste, mais nous n’avions que la journée. Nous allons au dernier mot.

Bonne nouvelle, car Judah avait les yeux brûlants de larmes, et il ne voulait pas pleurer devant son frère ou devant quiconque. Il déglutit difficilement, les yeux fixés sur la terre en contrebas.

Comme dernier mot, elle avait choisi JOIE.

— Joie ? marmonna-t-il. Moi ? Elle a besoin de lunettes.

— J'ai dit la même chose, approuva Reid en riant. Mais elle m'a dit qu'une vie avec toi serait une vie de joie, si tu veux bien l'accepter à tes côtés. Et maintenant je dois te donner ça.

Il lui tendit une enveloppe blanche. À l'intérieur, sur une feuille de papier épais, imprimée en police élégante, il y avait une invitation au mariage de Mlle Bridie Elizabeth Starr et Lord Judah Leopold Blake.

Date : Aujourd'hui

Heure : Crépuscule

RSVP : Un atterrissage vaudra pour un oui

— Si tu veux, je peux être ton témoin. La cérémonie nous attend derrière les arbres. Gert est la demoiselle d'honneur. Tomas accompagnera Bridie jusqu'à l'autel. Ernie dit qu'il a l'autorité pour vous marier officiellement, du moment que tu as ta carte d'identité. Je pense qu'il est sénile, mais qu'est-ce que j'en sais, après tout ?

— Vas-y, Reid. Atterris.

Mais Reid n'amorça pas tout de suite sa descente ; il dépassa les arbres, et en contrebas apparut un sentier délimité par de larges pierres. Au centre, Bridie irradiait dans sa longue robe en soie blanche, délicate, simplement dotée de très fines bretelles. La cascade sauvage de ses cheveux de miel avait été domptée pour l'occasion et dégageait son visage pour retomber dans son dos. Elle avait un bouquet de fleurs du désert à la main, identique à ceux qu'il lui rapportait lorsqu'il passait la nuit sous les étoiles.

— Reid… atterris, insista-t-il, avec plus d'urgence cette fois.

— Mais avec plaisir. Et je peux être ton témoin ?

— Tu peux être mon témoin. Maintenant, dépêche-toi. Cette femme est mon refuge et mon âme. Fais-moi descendre avant qu'elle ne change d'avis.

— Ils atterrissent, dit Gert, et le cœur de Bridie s'envola.

Dieu merci, ils atterrissaient ! Ils atterrissaient ! À l'attendre ainsi dans le désert, le doute avait commencé à poindre. Et si Judah ne voulait pas l'épouser tout de suite ? S'il préférait une grande cérémonie pleine d'aristocrates ? Ou si, tout simplement, il avait décidé de ne plus l'épouser du tout ?

Mais non. Elle connaissait Judah. Il n'avait que faire du protocole, et il l'aimait, elle, plus que tout.

Elle inspira profondément. Le soleil rougissait à l'horizon. Gert glissa sa main dans la sienne et la serra doucement.

— Détends-toi, ma fille. Il arrive. Tu es magnifique. Tu vas faire de ce garçon le plus heureux des hommes.

Puis elle pivota et alla positionner Ernie et le père de Bridie pendant que celle-ci regardait l'allée où apparaîtrait bientôt Judah.

Et il apparut, fort et rassurant dans ses bottes poussiéreuses, son jean élimé, sa chemise aux manches retroussées. Magnifique, dans le halo du soleil couchant, les yeux ténébreux d'émotion.

— Bonsoir, coassa-t-elle, la gorge nouée.

— Très beau coucher de soleil, répondit-il.

Reid lui donna un coup de coude.

— Ton refuge et ton âme, toussota-t-il plus ou moins discrètement.

Judah le poussa d'un coup d'épaule, mais ses yeux ne quittèrent pas le visage de Bridie.

— Et pourtant, bien loin d'être aussi incroyable que toi, ajouta-t-il tout bas. Tu es prête à affronter le monde avec moi ?

— Je suis prête, assura-t-elle en souriant.

Et Ernie les maria ainsi, sous le soleil pourpre qu'ils aimaient tant.

Épilogue

Dans la salle de bal, le parquet de gommier rouge brillait comme un sou neuf, fraîchement poli à la cire d'abeille. La lumière des appliques anciennes dansait en halo sur le sol. Jeddah Creek irradiait au milieu du désert rouge, entouré de part et d'autre d'hélicoptères et d'avions en tous genres. Le bal de l'année dernière n'avait fait qu'aiguiser l'appétit des curieux. Aujourd'hui, on se pressait pour voir Judah Blake, le grand philanthrope dont les vastes projets de protection pour l'environnement australien faisaient parler tout le pays.

Les étoiles, si claires dans le ciel sombre de l'Outback, arrachaient des exclamations d'admiration aux invités venus de la ville. La brise jouait sur la terrasse. Judah leva les yeux vers le ciel.

Cette année, ils avaient multiplié les succès. Les investissements avaient coulé à flots. Les écochalets étaient de véritables merveilles architecturales. Les projets de recherche scientifique dédiés à la préservation de la région étaient déjà en marche. Et sa femme, sa brillante, talentueuse, magnifique femme…

Bridie était encore à l'intérieur ; il pouvait la voir d'ici à travers la haute fenêtre. Elle portait une robe en soie bleu pâle et une magnifique opale bleue, sertie par son père dans de l'or blanc et entourée d'un ruban. Tom Starr avait pris la poudre d'escampette quelques minutes plus tôt, pris en chasse par une troupe de citadines séduites par le charme sauvage d'un natif de l'Outback capable de produire de si beaux bijoux.

Il l'avait regardée rire de la scène. Bridie riait beaucoup, depuis leur mariage, et il ne s'en lasserait jamais.

— Ta femme exige que tu la rejoignes, lança Reid en s'accoudant à la balustrade.

Ces derniers mois, Reid avait dépassé son frère d'un petit centimètre et s'était étoffé. Il avait l'assurance tranquille d'un homme qui avait déjà travaillé dur. Si Judah était le visionnaire de leur trio, Reid avait l'esprit logique et l'aisance relationnelle nécessaires pour faire des rêves de son aîné une réalité. À eux trois, ils étaient en route pour changer le monde.

— Hé, frérot, tu m'écoutes ? Va sauver ton refuge et ton âme, tu veux ?

Ah mais, avant tout, Reid restait un sale gamin.

— Oh ! tais-toi donc, ricana Judah en poussant son cadet.

Une fois dans la salle de bal illuminée, il s'inclina devant son épouse, qui l'avait regardé venir à elle, les yeux brillants de bonheur.

— Danse avec moi, dit-il en lui tendant la main.

Sans hésitation, elle lui offrit un sourire solaire et glissa les doigts dans sa paume.

— J'aimerais que le photographe prenne des clichés de nous en train de danser. Ça ne te gêne pas ?

— Pour quoi faire ?

— Je veux des souvenirs pour l'album familial. Tu ne trouves pas que ces photos iraient parfaitement à la suite de celles de notre premier baiser, et des polaroïds flous que Reid a pris à notre mariage ?

Elle avait tenu sa promesse, depuis son exposition : elle lui demandait toujours la permission avant de le prendre en photo. Bien sûr, elle n'avait pas encore découvert qu'il gardait une copie un peu abîmée de leur baiser sous la pluie dans son portefeuille. Chaque fois qu'il la regardait, il était transporté dans ce souvenir de liberté et de passion.

— D'accord, dit-il.

Bridie fit signe au photographe dans l'assemblée, et il la fit tourner pour l'attirer dans ses bras. Ils ne savaient toujours pas danser, mais ils savaient s'amuser sur la piste, et c'était ce qui comptait. Ils avaient des années devant eux pour apprendre la valse.

— Pourquoi tu souris ? demanda-t-elle.

— Je pense au futur.

— Oh ? Justement, le futur s'annonce intéressant.

Elle prit sa main dans la sienne et la fit glisser jusqu'à son ventre, les yeux dans les siens.

Le cœur de Judah se figea. Ses pieds se figèrent. Le monde entier se figea. Les doigts de Bridie s'étaient glissés entre les siens, et il tentait de reprendre son souffle ou de trouver les mots, en vain. Il n'aurait jamais les mots, pas pour un miracle pareil.

— Judah ? murmura-t-elle. Respire.

Non. Respirer pouvait attendre. De sa main libre, il caressa le visage de Bridie puis l'embrassa avec ferveur. Peu lui importait qu'ils soient en public. Peu lui importait qu'on le voie trébucher sur le chemin de l'amour et de la paternité. C'était un moment pur, plein d'amour et de révérence, et rien ne pouvait le séparer de Bridie.

Comme le baiser s'échauffait considérablement, Bridie se détacha la première.

— Judah, nous ne sommes pas seuls.

Il souriait trop pour s'en soucier.

— Je veux *beaucoup* d'enfants.

— Chaque chose en son temps, fit-elle en riant.

Elle l'embrassa de nouveau, et il la souleva dans ses

bras pour la faire tourbillonner ; et là, sous les lumières, alors qu'elle riait à gorge déployée, ses cheveux cascadant comme de l'or brut, il se sentit le plus heureux, le plus chanceux des hommes.

Retrouvez prochainement,
dans votre collection

AZUR

Le diamant d'un Italien, de Julia James - N°4576

« Si vous devenez mon épouse pendant douze mois, je rembourserai votre dette. » Soulagée de voir ses problèmes financiers s'évanouir, Lana accepte l'incroyable demande en mariage de Salvatore Luchesi, le sublime Italien qu'elle vient de rencontrer. Mais très vite elle déchante. Survivra-t-elle à cette union platonique, alors que son corps s'embrase tout entier au côté de Salvatore ? Surtout, supportera-t-elle le jour où leur accord prendra fin et où elle devra renoncer à cet homme hors du commun ?

L'indomptable fiancée, de Louise Fuller - N°4577

Fils illégitime, Achileas Kane est la preuve vivante que les liens du mariage n'ont rien de sacré. Hélas, il doit aujourd'hui se marier s'il veut toucher son héritage ! Refusant de convoler avec l'une de ses prétendantes trop envahissantes, il préfère se tourner vers l'indomptable Effie Price. La jeune femme de chambre, qui travaille dans le palace où il séjourne, n'est-elle pas la candidate parfaite ? Loin de tomber en pâmoison devant lui, elle est la première à lui tenir tête ! Et pour Achileas elle représente un irrésistible défi…

Les mariés de Rio, d'Abby Green - N°4578

En épousant Caio Salazar de Barros, Ana savait à quoi s'en tenir. Leur union de convenance devait prendre fin un an plus tard, une fois la réputation de Caio rétablie et l'avenir d'Ana assuré. Seulement voilà, maintenant que l'échéance est arrivée à son terme, Ana se voit contrainte de passer une ultime journée en compagnie de son troublant époux. Vingt-quatre heures qui pourraient bien tout changer quand, libérés du contrat qui les a liés, Ana et Caio laissent libre cours à une passion aussi inattendue que dévorante…

Liée à Constantin Silvera,
de Jackie Ashenden - N°4579

J'ai commis l'erreur de tomber amoureuse d'un homme inaccessible. Les sentiments que je nourrissais, enfant, pour Constantin Silvera, n'ont fait que grandir au fil des ans. Jusqu'à cette nuit époustouflante que nous avons passée ensemble il y a trois mois… Depuis, tout a changé entre nous. Notre amitié a volé en éclats, tandis que mon amant me rejetait cruellement. Quant à ma vie, elle a pris un tournant inattendu, car me voilà enceinte de Constantin…

Si proche de l'ennemi, de Dani Collins - N°4580

Pour sauver l'entreprise à laquelle elle a tant donné, Ilona s'apprête à épouser l'homme qui veut ruiner sa famille ! En effet, c'est bien connu, mieux vaut garder proches ses ennemis… Et puis, même s'il est cynique et arrogant, Léandre Vasilou pourrait lui apporter l'indépendance à laquelle elle aspire depuis si longtemps. Seul problème : alors qu'Ilona voudrait pouvoir haïr Léandre, et le tenir à distance, son traître de cœur bat furieusement pour lui. Au point qu'elle rêve de voir leur union de convenance se transformer en mariage d'amour…

Promise à un comte, de Nina Milne - N°4581

Parce qu'elle a commis l'impardonnable erreur d'être née fille, Adriana est le mouton noir de la famille. C'est bien simple, son père, lord Salvington, ne la supporte pas ! Mais le jour où leur domaine menace d'être perdu Adriana oublie toute rancœur pour accomplir ce qu'elle sait être son devoir. En proposant à Rob Wilmington, le mystérieux comte de Darrow, de l'épouser, elle scelle bientôt une alliance capable de sauver l'héritage familial…

Un fantasme pour patron, de Lucy King - N°4582

Elle s'est endormie… dans le lit de son patron ! Réveillée en sursaut par la voix furieuse de Duarte de Castro, Orla peine à reprendre ses esprits. Comment expliquer à cet homme intransigeant qu'elle s'est écroulée de fatigue, alors qu'elle préparait la Casa do São Romão en vue de l'arrivée de son propriétaire ? Comment lui révéler qu'elle rêvait de lui au moment même où il surgissait, plus sexy encore que dans ses fantasmes ?

La beauté de Svardia, de Pippa Roscoe - N°4583

SÉRIE : *LE ROYAUME DE SVARDIA* - 3/3

Quatre mois plus tôt, Aleksander est monté sur le trône de Svardia, le royaume de Scandinavie. Une responsabilité à laquelle il était préparé, ou presque. S'il est résolu à transformer son pays en une nation prospère et tournée vers le progrès, l'idée de produire un héritier lui paraît une tâche ardue. En effet, comment s'allier à l'une des femmes insipides qu'on lui présente comme des partenaires idéales, quand son cœur ne bat que pour l'innocente Henna, qu'il n'a pourtant pas le droit de faire reine ?

La princesse du Kansas, de Caitlin Crews - N°4584

SÉRIE : *ROYALEMENT SCANDALEUSE* - 1/2

Delaney travaille dur pour garder à flot la ferme familiale, isolée au milieu des Grandes Plaines du Kansas. Quelle n'est pas sa surprise de voir débarquer un matin un convoi de luxueux SUV, d'où émerge bientôt un homme fascinant... Charismatique et beau comme un dieu, Cayetano Arcieri a une révélation à lui faire : Delaney est une princesse, l'héritière perdue de la Couronne d'Île d'Montagne ! Et s'il est là aujourd'hui c'est pour la ramener dans leur pays, au large de la Méditerranée, où elle deviendra bientôt sa reine...

Amber et le prince rebelle, d'Ally Blake - N°4585

Trahi le jour de ses noces, le prince Hugo fuit en Australie, incognito. Là, il rencontre Amber, une jeune femme dont la liberté de penser et la joie de vivre lui offrent un précieux réconfort. Dans ses bras, il oublie pendant un moment son pays, son devoir... jusqu'à ce que la réalité le rattrape. Quand Amber se découvre enceinte de lui, Hugo n'a d'autre choix que de lui révéler sa véritable identité, tout en sachant que celle qui fait battre son cœur n'a rien de la princesse à laquelle il est supposé lier son existence...

Un époux à convaincre,
d'Anne McAllister - N°4586

Elle était mariée... avec Dominic Wolfe. S'il n'avait pas été là, près d'elle, dans ce lit qui était maintenant le leur à New York, Sierra ne l'aurait pas cru. Car tous deux n'ont rien en commun, si ce n'est cette incroyable entente charnelle. Dans l'intimité, Dominic n'est plus l'homme d'affaires au costume impeccable, et elle la coiffeuse excentrique. Dans le secret de la chambre à coucher, ils sont simplement un homme et une femme en proie au même désir irrépressible. Hélas ! la passion ne dure pas. Et si Sierra rêve que Dominic partage un jour ses sentiments elle sait aussi qu'il s'est juré de ne plus aimer, et qu'il faudra bien davantage que des corps-à-corps torrides pour transformer leur mariage d'intérêt en une véritable union...